El matrimonio de los peces rojos

PREMIO
RIBERA
DEL DUERO

VOCES / LITERATURA

COLECCIÓN VOCES / LITERATURA 185

Nuestro fondo editorial en www.paginasdeespuma.com

Guadalupe Nettel, *El matrimonio de los peces rojos*
Primera edición: abril de 2013
Tercera edición: mayo de 2023

ISBN: 978-84-8393-144-8
Depósito legal: M-12213-2013
IBIC: FYB

Editorial Páginas de Espuma
Madera 3, 1.º izquierda
28004 Madrid

Teléfono: 91 522 72 51
Correo electrónico: info@paginasdeespuma.com

Impresión: Cofás

Impreso en España - Printed in Spain

Guadalupe Nettel

El matrimonio de los peces rojos

PÁGINAS DE ESPUMA

El día 5 de marzo de 2013, un jurado compuesto por José Trillo, presidente del Consejo Regulador de la Denominación de Origen Ribera del Duero, Enrique Vila-Matas, escritor y presidente del jurado, Ignacio Martínez de Pisón, escritor, Cristina Grande Marcellán, escritora, Samanta Schweblin, escritora, Marcos Giralt Torrente, escritor y ganador de la segunda edición del Premio, además de Juan Casamayor, director de la Editorial Páginas de Espuma, y Alfonso J. Sánchez, secretario general del Consejo Regulador de la Denominación de Origen Ribera del Duero, en calidad de secretario del jurado, ambos con voz pero sin voto, otorgó el III Premio Internacional de Narrativa Breve Ribera del Duero, por mayoría, a *El matrimonio de los peces rojos,* de Guadalupe Nettel.

Índice

a Ale Oru y a Pelo Pegado

Todos los animales saben lo que necesitan, excepto el hombre.
Plinio el Viejo

El hombre pertenece a esas especies animales que, cuando están heridas, pueden volverse particularmente feroces.
Gao Xingjian

El matrimonio de los peces rojos

Ayer por la tarde murió Oblomov, nuestro último pez rojo. Lo intuí hace varios días en los que apenas lo vi moverse dentro de su pecera redonda. Tampoco saltaba como antes para recibir la comida o para perseguir los rayos del sol que alegraban su hábitat. Parecía víctima de una depresión o el equivalente en su vida de pez en cautiverio. Llegué a saber muy pocas cosas acerca de este animal. Muy pocas veces me asomé al cristal de su pecera y lo miré a los ojos y, cuando eso sucedió, no me quedé mucho tiempo. Me daba pena verlo ahí, solo, en su recipiente de vidrio. Dudo mucho que haya sido feliz. Eso fue lo que más tristeza me dio al verlo ayer por la tarde, flotando como un pétalo de amapola en la superficie de un estanque. Él, en cambio, tuvo más tiempo, más serenidad para observarnos a Vincent y a mí. Y estoy segura de que, a su manera, también sintió pena por nosotros. En general, se aprende mucho de los animales con los que convivimos, incluidos los peces. Son como un espejo que refleja emociones o comportamientos subterráneos que no nos atrevemos a ver.

Oblomov no fue el primer pez que tuvimos en casa, sino el tercero. Antes de él, hubo otros dos del mismo color a los que sí observé y sobre los cuales llegué a informarme con gran interés. Aparecieron un sábado por la mañana, dos meses antes de que naciera Lila. Nos los trajo Pauline, una amiga común, en el mismo recipiente donde murió su sucesor. Vincent y yo recibimos el obsequio con mucha alegría. Un gato o un perrito habría sido un tercero en discordia y un estorbo en nuestro apartamento. En cambio, nos gustaba la idea de compartir la casa con otra pareja. Además, habíamos oído decir que los peces rojos dan buena suerte y en esa época buscábamos todo tipo de amuletos, ya fueran cosas o animales, para paliar la incertidumbre que nos causaba el embarazo.

Al principio, colocamos los peces en una mesita esquinera del salón en donde pegaba el sol de la tarde. Nos parecía que alegraban esa pieza, orientada hacia el patio trasero de nuestro edificio, con los movimientos veloces de sus colas y sus aletas. No sé cuántas horas habré pasado observándolos. Un mes antes había pedido la licencia de maternidad en el despacho de abogados donde trabajaba, para preparar el nacimiento de mi hija. Nada definitivo ni fuera de lo habitual pero que, para mí, resultaba desconcertante. No sabía qué hacer en casa. El exceso de tiempo libre me llenaba de preguntas sobre mi futuro. Estábamos en la peor parte del invierno y sólo pensar en vestirme para salir a enfrentar el viento gélido, me disuadía de cualquier paseo. Prefería quedarme en casa, leyendo el periódico o acomodando las cosas para recibir a Lila, en esa habitación diminuta que antes había sido el estudio y ahora sería su cuarto. Vincent en cambio pasaba muchas más horas que antes en la oficina. Quería aprovechar estos últimos meses para avanzar en los proyectos que el nacimiento de la niña iba a retrasar. Me parecía razonable pero lo echaba de menos, incluso cuando estábamos juntos. Lo sentía distante, perdido en su agenda y en sus preocupaciones laborales en las que yo no tenía cabida. Muchas tardes, mientras esperaba a que volviera del trabajo, me senté a observar el ir y venir, a veces lento y acompasado, a veces frenético o persecutorio, de los peces. Aprendí a distinguirlos claramente, no sólo por los colores tan parecidos de sus escamas, sino por sus actitudes y su forma de moverse, de buscar el alimento. No había nada más en la pecera. Ninguna piedra, ninguna cavidad donde esconderse. Los peces se veían todo el tiempo y cada uno de sus actos, como subir a la superficie del agua o girar alrededor del vidrio, afectaba inevitablemente al otro. De ahí la impresión de diálogo que me producían al verlos.

A diferencia de Oblomov, estos peces nunca tuvieron un nombre. Nos referíamos a ellos como el macho y la hembra. A pesar de su gran parecido, era posible reconocerlos por la complexión robusta del primero y porque sus escamas brillaban más que las de su compañera. Vincent los observaba mucho menos pero también le inspiraban curiosidad. Yo le contaba las cosas que creía haber descubierto acerca de ellos y él las escuchaba complacido, como los aconteceres de la familia extendida que ahora teníamos en casa. Recuerdo que una mañana, mientras preparaba café en la barra de la cocina, me hizo notar que uno de ellos, posiblemente el macho, había abierto sus aletas, que ahora lucían más grandes, como duplicadas, y llenas de colores.

–¿Y la hembra? –pregunté yo, con la cafetera en la mano–. ¿También está más bonita?

–No. Ella sigue igual pero casi no se mueve –dijo Vincent, con la cara pegada al vidrio de la pecera–. Quizás la esté cortejando.

Ese día salimos al mercado callejero que se pone en el bulevar Richard-Lenoir. Una actividad de fin de semana que disfrutábamos mucho. La nieve había desaparecido y, en vez de la lluvia sempiterna, el cielo dejaba intuir la presencia del sol. Lo pasamos bien haciendo la compra pero la mañana no terminó de la misma manera. Cuando ya volvíamos a casa, cargados con bolsas de comida, se me ocurrió pedir que compráramos naranjas y Vincent se negó tan rotundamente que me sentí ofendida.

–Son carísimas en esta época del año –argumentó falazmente–. No podemos permitírnoslo. Parece que no supieras la cantidad de gastos que tendremos cuando nazca la niña. Ya no puedes despilfarrar el dinero como has hecho siempre.

No sé si fueron las hormonas. Las mujeres embarazadas suelen ponerse mal por nimiedades. Lo cierto es que, en menos de cinco minutos, sentí cómo mi vida se cubría de nubes oscuras y amenazadoras. Todos los hombres cumplen los antojos de sus esposas cuando están encintas, me dije a mí misma. Hay quienes piensan que estos caprichos inexplicables reflejan en realidad las necesidades alimenticias del bebé. ¿Qué le pasaba a Vincent? ¿Cómo era posible que se negara así a comprar unas simples naranjas? Intenté volver a casa sin enredarme en una discusión. Sin embargo, después de unos cuantos pasos, tuve que sentarme a descansar en un banco. El abrigo no me cerraba ya y, por sus orillas negras, asomaba un suéter que me pareció viejo, espantoso. Sentí que mis ojos se cubrían de lágrimas. Vincent también lo notó pero no estaba dispuesto a claudicar.

–Nunca es posible darte gusto –dijo–. Hemos venido al mercado para que estuvieras contenta y te pones así por una tontería. Me cuesta creerlo.

Tuve que hacer un gran esfuerzo para no levantarme y comprar las naranjas con mi propio dinero y lo conseguí, pero la alegría ya no volvió en todo el fin de semana. Al regresar a casa, el macho de la pecera seguía con los opérculos erguidos. Su actitud de seducción me pareció arrogante. La hembra en cambio nadaba con las aletas gachas y sus movimientos pausados, en comparación con los de él, me causaron cierta pena.

El lunes salí de casa temprano. Me metí al bar de la esquina y ordené un jugo doble de naranja. También pedí un *café crème* y un *croissant*. Pagué todo con la tarjeta común. Después entré en la librería y compré una novela. Estuve una hora probándome ropa en la tienda de tallas grandes que hay en la Rue des Pyrenées, donde encontré un suéter adecuado para remplazar el mío. Volví a casa a mediodía, justo a la hora del almuerzo. Al entrar, fui directa al salón y me asomé a la pecera como quien consulta un oráculo: el macho seguía con las aletas desplegadas pero ahora su compañera acusaba también un cambio físico: a lo largo del cuerpo le habían salido dos rayas horizontales de color pardo. Me preparé una pasta con berenjenas y la comí de pie, mirando por la ventana de la cocina a dos obreros que reparaban el edificio de enfrente. Al terminar, lavé aplicadamente la olla y los trastes que había ensuciado. Después, salí a dar un paseo por el barrio y llegué hasta la biblioteca. Sentí deseos de entrar pero cerraban los lunes por la tarde, así que volví a casa y esperé a Vincent leyendo mi nueva novela. Cuando llegó, le mostré, algo asustada, las líneas en el cuerpo de la hembra pero a él le parecieron intrascendentes.

–Esas rayas son apenas perceptibles y no creo que signifiquen nada. Ni siquiera estoy seguro de que no las tuviera antes –dijo.

Cenamos en silencio, un arroz recalentado que llevaba meses en el congelador. Vincent lavó los platos y al terminar se instaló en el salón donde estuvo trabajando hasta la madrugada. Sin decirle nada, me dediqué a colocar las cenefas con ositos en las paredes del cuarto de la niña, una tarea que teníamos pendiente desde hacía varias semanas y que ninguno de los dos había llevado a cabo. Sólo quería anular uno de nuestros innumerables pendientes. Es verdad que el resultado no fue tan prolijo como hubiera deseado pero tampoco era un desastre. Sin embargo, Vincent se lo tomó como una provocación. Según él, las había colocado disparejas con el único objetivo de hacerlo sentir culpable.

–Me lo podías haber pedido. No sé por qué te ha dado últimamente por hacerte la víctima.

La mañana del martes desayunamos en casa un té y una tostada como dos desconocidos que se tratan cordialmente pero, en cuanto él se fue al trabajo, bajé al bar llena de resentimiento y tomé otro jugo de naranja. Después caminé bajo la llovizna hasta la biblioteca. En mis años de estudiante la había frecuentado muchas veces, pero hacía tiempo que no me asomaba por ahí. El despacho estaba situado en la rivera izquierda y, cuando surgía alguna consulta que no pudiera resolver en Internet, iba a la Biblioteca Nacional. A diferencia de esta, en la que casi nunca veía a nadie, la de mi barrio estaba llena de adolescentes, como lo había sido yo misma cuando cursaba el liceo; chicos un poco mayores que se interpelaban a gritos y reían a carcajadas, comían en restaurantes universitarios; gente cuya principal preocupación era pasar los exámenes y estirar el subsidio de sus padres, o del gobierno, hasta el final del mes. Por lo general, las personas de esa edad me despertaban, al menos desde hacía un par de años, cierta condescendencia y por eso me sorprendió sentir envidia aquella mañana. Estaba por empujar la puerta de la entrada cuando uno de ellos, que llevaba un pañuelo rojo y blanco alrededor del cuello, tropezó con mi barriga.

–Disculpe, señora –dijo disminuyendo apenas el paso.

Más que mi estado de preñez, su tono falsamente compungido subrayó –o eso me pareció– la diferencia de edad entre nosotros.

Una vez dentro, me dirigí a la sección de ciencias naturales hasta dar con el *Diccionario enciclopédico de animales marinos*, y busqué nuestros peces. Descubrí que pertenecían a la especie de los *Betta splendens*, conocidos también como «luchadores de Siam», y que eran originarios del continente asiático, donde suelen poblar las aguas estancadas. Los especialistas los clasifican entre los laberínticos por un bronquio en forma de rizoma, situado en su cabeza, que les permite respirar un poco de aire sobre la superficie del agua. Según el artículo, una de sus características más notorias era su dificultad para la convivencia. El diccionario no abundaba en detalles sobre ello ni tampoco sobre el mantenimiento de los peces. Si quería consejos para su cuidado debía buscar otra fuente. Tampoco hablaba de las rayas que habían aparecido en el lomo de la hembra.

Estuve mirando otros libros sobre peces y seleccioné un par para llevármelos. Llené las hojas para la inscripción y para el préstamo. Por ingenuo que parezca, me ilusionó volver a ser usuaria de esa biblioteca. Estaba lloviendo mucho cuando intenté salir para volver a casa. Así que me entretuve un momento en la estantería de la entrada, donde se ponen a disposición del público los suplementos y revistas del mes. Las revisé por encima, sin decidirme a leer ninguna. Estaban todas, desde *Magazine Littéraire* hasta *Marie-Claire*. Esta última anunciaba en la portada un artículo que parecía dirigido a mí: *Embarazo. ¿Por qué nos abandonan justo en este momento?* Pensé que la lluvia podía durar horas y que quizás debía regresar a casa a pesar de ella. En esas estaba, cuando sonó mi móvil. Era Vincent pidiendo disculpas por su actitud egoísta. Había ido al apartamento con la intención de que comiéramos juntos. «Pasé por el italiano que te gusta y compré lasaña. También te traje naranjas». Cuando supo dónde estaba, propuso ir a buscarme a la biblioteca. Volvimos abrazados a casa, debajo de su gran paraguas azul con nubes blancas. Los restos del desayuno seguían sobre la barra de la cocina. Vincent sacó los manjares de su bolsa y los calentó en el microondas. Mientras comíamos y se servía dos copas de vino, le conté mis descubrimientos sobre nuestras mascotas. Nos reímos de la pareja que nos había traído Pauline, tan estrafalaria y compleja como ella. Al terminar de comer, hicimos el amor. Una de las pocas veces que nos sucedió durante el embarazo. Fue un polvo breve y tierno pero no exento de deseo. Vincent se despidió de mí en la cama con un beso y regresó a la oficina. Minutos más tarde, mientras me vestía frente al espejo de mi cuarto, noté una línea marrón situada exactamente en la mitad de mi vientre.

Pasé la tarde leyendo en el sofá y observando la pecera. Aunque no eran tratados científicos, los libros que había sacado de la biblioteca proporcionaban una información más práctica que el *Diccionario enciclopédico*. Ambos se dirigían a un público joven o por lo menos no muy versado en el tema. En uno de ellos, encontré información sobre los *Betta splendens*. El autor del libro explicaba detalles de su cuidado y reproducción. Decía, por ejemplo, que el despliegue del opérculo implica en los machos la voluntad de aparearse, y lo violentos que pueden ponerse de no ser correspondidos. Pero eso no era lo peor. Los describían como peces sumamente combativos. De ahí que se les denominara comúnmente como «luchadores». En algunos países, se usan incluso como animales de pelea y se les sube al ring, de la misma forma en que, en occidente, se utiliza a los gallos para ganar apuestas. Mientras leía aquello, sentí algo semejante al rubor. La sensación que produce enterarse de las facetas oscuras de nuestros conocidos sin su consentimiento. ¿De verdad deseaba saber todo eso acerca de nuestros peces? Concluí que sí. Más valía estar advertido y, en lo posible, evitar cualquier accidente. El libro desaconsejaba tener a dos machos en una misma pecera por grande que fuese. Un macho y una hembra tenían, en cambio, más posibilidades de sobrevivir juntos, a condición de contar con suficiente espacio, por lo menos cinco litros. Miré nuestra pecera, la cantidad de agua era ridícula. «En situaciones de estrés o de peligro», seguía diciendo el autor, los betta desarrollan rayas horizontales contrastantes con el color de su cuerpo.

Cuando llegó mi marido, hacía más de una hora que dormía en el sofá. Vincent cerró los libros, cuidando de señalar las páginas que yo había dejado abiertas, y me despertó con mimos para que me fuera a la cama. Sin embargo, antes de acostarme, quise enseñarle lo que había leído acerca de nuestros peces.

–Es muy peligroso dejarlos en ese recipiente –le dije–. Pueden hacerse mucho daño. ¿Te imaginas que llegaran a matarse?

Le hice prometer que los cambiaríamos a un acuario, con oxígeno y algunas piedras donde ocultarse cuando no tuvieran ganas de verse las caras. Él accedió divertido.

–Ahora te has obsesionado con esto –dijo–. Cuando te reincorpores al despacho, debes especializarte en derechos de los animales.

Pasaron varios días antes de que sacáramos a los peces de su recipiente. Días tensos para ellos pero también para nosotros, pues a Vincent no acababa de agradarle la idea de reducir el salón con un acuario.

–¡Esto va a parecer un restaurante chino! –soltó una vez, resignado, a sabiendas de que no había negociación posible en ese terreno.

Mientras estaba en casa, yo no podía dejar de vigilarlos, como si con aquella mirada, severa y quisquillosa, hubiera podido evitar una inminente confrontación. Toda mi solidaridad, por supuesto, la tenía ella. Podía sentir su miedo y su angustia de verse acorralada, su necesidad de esconderse. Los peces son quizás los únicos animales domésticos que no hacen ruido. Pero estos me enseñaron que los gritos también pueden ser silenciosos. Vincent adoptaba una posición más neutra en apariencia, traicionada sin embargo por comentarios humorísticos que soltaba de cuando en cuando: «¿Qué le pasa a esa hembra? ¿Está en contra de la reproducción?» o «Mantén la calma, hermano, aunque te impaciente. Recuerda que las leyes de ahora están hechas por y para las mujeres».

Mientras, la bebé flotaba en el líquido amniótico dentro de mi vientre. En la última visita al ginecólogo nos habían dicho que estaba «encajada» y era exactamente eso lo que yo sentía en las caderas. En ocasiones, en medio del silencio de la tarde, escuchaba crujir mis huesos del sacro. Había pasado la semana treinta y cinco. Era cuestión de días.

Cuanto más lo pensaba, mayor era también mi necesidad de que las cosas estuvieran en orden dentro del apartamento y la verdad es que todo estaba listo, excepto la relación entre nuestras mascotas. Por eso me empeñé en comprar la pecera ese fin de semana. El hogar que conseguimos para nuestros betta fue un acuario verdadero, con capacidad para diez litros de agua, como recomendaba el libro, estrecho en la base pero alto para que cupiera en la biblioteca. Fue idea de Vincent que lo colocáramos ahí, donde ocupaba un estante entero pero sin reducir ni un centímetro la superficie del salón. Tuve que desplazar al sótano varias versiones del Código Civil a favor de los luchadores de Siam que hasta entonces, quizás informados de nuestras gestiones pacifistas, se habían mantenido tranquilos. Lo cierto es que descansé cuando, después de varios intentos fallidos y la visita de un técnico, los peces quedaron instalados y la hembra tuvo, por fin, una cueva donde esconderse.

Lila nació esa misma semana, en la Clinique des Bleuets, situada a unas cuadras de la casa, una de las pocas maternidades públicas donde se practican partos en agua. Recuerdo la cara de horror que puso Vincent cuando nos lo propusieron. «Sólo faltaba eso», dijo haciendo alusión a nuestras mascotas. A mí, en cambio, no me pareció un despropósito. Muchas veces, había oído decir que para los niños nacer bajo el agua es menos traumático que venir al mundo en una cama de hospital. Me habría gustado probar. Sin embargo, lo último que quería en ese momento era contrariar a Vincent. Lila vino al mundo a las nueve de la noche, después de ocho horas de trabajo de parto, siete de las cuales ocurrieron dentro del hospital, en una habitación impersonal con olor a desinfectante. Mientras padecía el dolor de las contracciones, trataba de imaginar que, en vez de estar ahí, me encontraba en el mar de Bretaña, sacudida por unas olas inmensas. Más tarde, cuando se llevaron a la niña para hacerle los análisis y me dejaron descansar en la sala de recuperación, escuché los comentarios entre los enfermeros que nos habían atendido. Uno de ellos dijo:

–El parto de la pequeña Chaix estuvo bien pero hay que ver lo tensos que estaban sus padres. Sólo de estar con ellos, todos acabamos exhaustos.

Me molestó que se expresaran de esa forma acerca de nosotros mientras yacía en la camilla, desnuda bajo la sábana, separada apenas por una cortina blanca. Sin embargo, más allá de su falta de tacto, me interesó la lectura distanciada que hacían del evento. Me dije que, después de todo, quizás no les faltaba razón.

Durante el embarazo, y creo que a lo largo de toda mi vida, había imaginado los primeros días en casa, después del nacimiento de un hijo, como los más románticos y maravillosos que podía vivir una pareja. No sé exactamente cómo son en general esos días para el resto de la gente, sólo puedo decir que en mi caso no lo fueron en absoluto. Adaptarnos a la falta de sueño y a la delicada tarea de ocuparse de un bebé implicó un esfuerzo casi sobrehumano. Nunca antes había comprendido con tanta claridad la importancia del descanso ni por qué a los prisioneros que van a ser interrogados a menudo se les tortura impidiéndoles dormir. Me costaba imaginar que, generación tras generación, las personas pasaran por eso, como si ser padre de alguien fuera la cosa más elemental y lógica del mundo. Tanto mi marido como yo teníamos miedo de dañar a la niña. Bañarla, vestirla, limpiarle la herida del cordón umbilical eran proezas que nos llenaban de inseguridad. A mí me parecía cruel que, después de haber pasado nueve meses pegada a mi cuerpo, durmiera fuera de nuestra cama desde el primer momento. En cambio para Vincent se trataba de una regla elemental de supervivencia. Intentamos las dos cosas pero, de todas maneras, los desvelos cada dos horas –esa era la frecuencia con la que había que darle de comer y cambiarle el pañal– nos resultaron insoportables. Parecíamos dos zombies irascibles a quienes hubieran encerrado con llave en un apartamento. Casi no hablamos durante esos días. Nos turnábamos para dormir y siempre sentíamos que era el otro quien lo hacía más. Yo me esforzaba hasta el máximo de mis posibilidades, pero nada parecía suficiente. Mi marido me acusaba con indirectas de no ocuparme de la niña como una madre ejemplar y yo le reprochaba sus recriminaciones. En todo ese tiempo, fue él quien se encargó de cuidar el acuario.

Las cosas mejoraron cuando Vincent regresó a la oficina. Es verdad que debía ocuparme de la niña a jornada completa pero ya no discutíamos sobre si lloraba por hambre o por frío. No tardé mucho tiempo en encontrar un ritmo, una rutina que empezaba con darle el pecho por las mañanas, cambiarle el pañal y con frecuencia la ropa, un breve paseo en cochecito cuando no estaba lloviendo, más pecho, alguna actividad de desarrollo motriz, baño, etc. Es verdad que a veces Lila dormía bien y entonces aprovechaba para preparar la comida, lavar la ropa y los trastes, ordenar un mínimo el apartamento. Sin embargo, la mayoría de las veces no sucedía así. Según el pediatra, sufría cólicos terribles, aunque normales para su edad, y había que consolarla de alguna manera: mecerla, cantarle, ayudarle a conciliar el sueño.

Generalmente, mi marido volvía de la oficina a la hora del baño. Se ocupaba de secarla, ponerle el piyama y prepararla para la noche. Después de la última toma, él intentaba dormirla. Pasaba horas en eso. Cenábamos tarde, casi siempre agotados. Ninguno tenía ánimo para conversar. A veces me empeñaba en hacer preguntas acerca de su trabajo o de contarle alguna cosa entretenida que hubiera visto en la calle mientras paseaba el cochecito de Lila, pero era inútil. Vincent sonreía y en eso quedaba todo. Del sexo mejor ni hablar. Desde el nacimiento, nos había sucedido apenas un par de veces y en estado de sonambulismo. Como todo el mundo, Vincent tenía sus inseguridades y entre ellas estaba el ser un mal padre. Recuerdo que en una ocasión en que arrullaba a la niña sin éxito, le ofrecí remplazarlo. Mi propósito era simplemente que cenáramos temprano y que, por una vez, no se enfriara la comida. Sin embargo, lo recibió como un insulto.

–¿Vas a decir ahora que esto también lo hago mal? Deberías aprender a callarte la boca. Yo no me paso la vida señalando tu torpeza y tus incontables errores.

Traté de explicarle mi punto de vista pero fue inútil. La discusión fue aumentando velozmente de tono y no se detuvo hasta que mi marido salió de la casa con un portazo. Yo me quedé meciendo a Lila, que esa noche tardó un poco más en quedarse dormida.

Muchas personas vinieron a visitarnos durante ese primer mes. Algunas amigas y familiares míos se ofrecieron para acompañarme unas horas en ausencia de Vincent. La mayoría, sin embargo, aparecía los fines de semana para encontrarnos a ambos. Fue un periodo extraño durante el cual volvimos a ver gente que no frecuentábamos. Todos traían regalos para nuestra hija, ropa, juguetes, utensilios nuevos o de segunda mano que ellos mismos habían comprado y que ya no les servían. Ni mi marido ni yo nos atrevíamos a rechazarlos, ninguno de los dos sabía tampoco dónde meterlos. El armario de Lila era muy estrecho. Un domingo por la mañana, Vincent anunció que ese día no íbamos a recibir a nadie. Aunque la idea me parecía comprensible y la apoyaba en mi fuero interno, me molestó que decidiera por ambos, y se lo hice saber. Pasamos la mañana entera sin dirigirnos la palabra. Por la tarde, Vincent se entretuvo separando todos los regalos que según él no eran útiles, con la misma arbitrariedad de antes. Yo permanecí encerrada con la niña en mi habitación, pretextando dormirla y, en los momentos de calma, me dediqué a mirar los peces. ¿Cómo la estarían pasando?, ¿qué acontecimientos habían tenido lugar en su vida subacuática mientras nosotros nos ocupábamos de los nuestros? Se habían mantenido tranquilos todo ese tiempo o, al menos, esa era mi sensación. Si hubo algún roce entre ellos o alguna pelea, pasaron inadvertidos. Me pregunté si la hembra había tenido otro periodo de celo. Cuánta sabiduría vi entonces en la naturaleza: ese animal era consciente, vaya a saber cómo, de que no era buena idea quedar encinta, ni siquiera contando con un espacio tan amplio y bien acondicionado como el suyo. Me pregunté también si lo que la disuadía era el espécimen con quien cohabitaba o si bajo ninguna circunstancia, ni siquiera con otro, hubiera aceptado reproducirse.

Ese mismo domingo, mi madre llamó de Burdeos para anunciar que venía a conocer a su nieta. Pensaba pasar una semana en París y quería saber si podía quedarse en casa o si, por el contrario, preferíamos que se hospedara en un hotel. Le dije que iba a consultarlo y que le llamaría por la mañana para darle una respuesta. Después le pasé el auricular a Vincent para que la saludara. Sin embargo, él no quiso esperar al lunes antes de dar su opinión: «Lo siento, querida suegra, pero esta vez tendrá que quedarse en otra parte». El tono de irritación con el que se dirigió a mi madre me hizo estallar.

–¿Con quién crees que estabas hablando, especie de *goujat*? –le grité, apenas colgó el teléfono, mientras le arrojaba a la cara uno de los regalos que había decidido guardar. Los gritos despertaron a Lila y esta se puso a llorar escandalosamente, enrareciendo la atmósfera aún más. Cuando por fin conseguí calmarla, me fui a la cama con la certeza de haber violado una frontera infranqueable. Vincent pasó aquella noche en el sofá y yo dormí en nuestra cama, abrazada a la niña.

Mamá se hospedó en el Hôtel de la Paix, situado a pocas cuadras de nuestro edificio. Una vez que Vincent se marchaba a la oficina, llegaba a nuestro apartamento y se quedaba conmigo todo el día, ayudándome con la ropa, con la limpieza y con el cuidado de Lila. Pocas veces estuvimos tan cercanas. Antes de las siete, dormíamos a la niña y nos tomábamos un té, conversando acerca del matrimonio y sus dificultades o de los grandes retos que habían tenido los diferentes miembros de mi familia. Mi madre había tenido tres hijos y sobrevivido a eso. Por una vez me sentía completamente abierta a recibir sus consejos. Ninguna de esas tardes aceptó quedarse hasta la llegada de Vincent. Es más, noté que hacía lo imposible por borrar cualquier evidencia de su paso por el apartamento. Él por su parte aprovechó la visita para volver un poco más tarde y así avanzar en su trabajo. En cuanto mamá se iba, me ponía a cenar frente al televisor. Ya casi no observaba a los peces. Mirar mucho tiempo el acuario me ponía mal. La vida de esos dos seres conflictivos me entristecía. A su llegada, mi marido me encontraba en la cama con algún libro en la mano o recién dormida. Sé que no era la situación ideal para una pareja, pero al menos así estábamos tranquilos y habría dado lo que fuera para que ese periodo se prolongara indefinidamente. El sábado como a las diez, mi madre y yo fuimos a buscar a papá a la estación. Venía a pasar unos días con nosotras y, por supuesto, a conocer a su nieta. Ese fin de semana hizo en París un clima inusitado para el mes de marzo. Estuvimos mucho tiempo en la calle, caminando por el Marais y por la Place des Vosges. El domingo llevamos a Lila a conocer el jardín de Luxemburgo. A ninguno de esos paseos nos acompañó Vincent. Ni siquiera se dignó a despedir a mis padres. Luego de su partida, nuestra relación no mejoró. Siguió llegando después de la cena y aquel horario, al principio excepcional, terminó por convertirse en el de siempre.

Justo por esos días, mi licencia en el despacho llegó a su término. Llamé para negociar mi reincorporación y, después de varias evasivas, me explicaron que las cosas se habían complicado tras la llegada de mi sustituta temporal, al parecer una joven eficaz y muy capacitada. No lo expresaron claramente, pero entendí que no querían una abogada que tuviera otra clase de prioridades. Pedí una cita con el director pero se encontraba de viaje. A partir de entonces, la vida doméstica comenzó a parecerme insoportable. Ya no veía mi estancia en casa como un periodo transitorio hacia la condición de madre trabajadora, sino como una suerte de cárcel domiciliaria que podía prolongarse indefinidamente. Me sentía infeliz y sobre todo sola. Las vacaciones de pascua se acercaban y en las paradas de autobús, así como en los anuncios de la calle y de la televisión, las agencias de viaje bombardeaban a los espectadores con imágenes de familias felices, vacacionando en playas del caribe o del océano Índico. Vincent tenía libre una semana y le propuse salir de París. Cuando terminé de hablar, me miró como si hubiera dicho una insensatez.

–Las arcas están vacías –dijo–. Ni siquiera sabemos si volverás a trabajar.

Le sugerí entonces viajar al suroeste y hospedarnos en la casa de mis padres.

–Ve tú sola con la niña. Les vendrá muy bien tomar un poco de sol y a mí quedarme a dormir en casa.

No escuché ni una pizca de ironía en ese comentario y por eso acepté su propuesta.

La semana que Lila y yo pasamos en Burdeos fue un verdadero oasis. Desde la mañana hasta la hora de la cena, mis padres se ocupaban de absolutamente todo. Dormí como no había hecho en meses y me recuperé en gran medida del cansancio acumulado. También mis hermanos viajaron a la casa familiar con sus numerosos hijos. Nadamos en la piscina y el domingo de pascua buscamos los huevos de chocolate según la tradición inglesa. Casi todas las tardes, Vincent llamaba preguntando por su hija. En el teléfono, su voz era cariñosa y atenta como en los años anteriores a su nacimiento. Me dije que habíamos hecho bien en descansar el uno del otro. En ese ambiente idílico, conseguí olvidarme del despacho y me sentí verdaderamente alegre. Muy pronto, sin embargo, llegó el momento de volver. No tenía ninguna obligación de hacerlo, ni siquiera deseos de recuperar mi trabajo o mi vida cotidiana. Mis padres estaban encantados con nuestra presencia. Si regresé a casa fue para estar con Vincent. Él tenía muchas ganas de abrazar a su mujer y a su hija –al menos eso me dijo– y yo de estar bien con él. Cuando el tren emprendió su marcha y vi a mis padres despedirse por la ventanilla, me costó no echarme a llorar.

Vincent fue a buscarnos en el coche. A pesar de sus continuas sonrisas, lo noté nervioso. Debían de ser alrededor de las nueve. Estaba lloviendo, por supuesto. Recuerdo las luces de los faros reflejadas en el pavimento. Lila iba dormida en su sillita. Después de hacer las preguntas de rigor: «¿Cómo han estado?, ¿qué tal el trayecto?», anunció que tenía algo que contarme antes de llegar a casa.

–Se trata de los peces –dijo–. Hace dos días tuvieron una pelea y ambos están bastante lastimados.

Después me explicó los detalles: la mañana del viernes los había encontrado flotando en el acuario.

–No sé bien qué hacer con ellos. Lo único que se me ocurrió fue separarlos. Saqué al macho con la redecilla y lo puse en la pecera de vidrio que nos regaló Pauline. Mañana vendrá el experto.

–¿Sabes si ella estaba en celo? –pregunté yo, tratando de adivinar los motivos–. ¿Viste alguna raya oscura en su cuerpo?

Pero Vincent negó cualquier despliegue de aletas coloridas como el de la vez pasada.

Nunca en todos los años que llevaba viviendo en aquel piso, lo había encontrado tan desolado. Me pareció que el acuario despedía un olor a podredumbre. Es verdad que los peces se veían heridos pero mucho menos de lo que había imaginado en el camino, mientras escuchaba el relato de Vincent.

Lo que más me entristeció esa noche y los días siguientes fue ver a nuestros peces separados. Tenía la sensación de que también a ellos les afectaba la distancia y que se echaban de menos.

–¿Cómo es posible que teniendo un acuario tan grande y tan bonito no logren mantenerse en paz? –le pregunté a mi marido una tarde, mientras mirábamos al pez dando vueltas como un loco en el viejo recipiente, situado ahora sobre la barra de la cocina.

–Tal vez no sea cuestión de espacio –contestó él–, sino de su propia naturaleza. Recuerda que son peces betta.

Me di cuenta de que había estado reflexionando bastante acerca del asunto.

–Otros peces –siguió diciendo– se sienten libres en peceras muy estrechas. Las ven como universos claros y llenos de color. Cada rayo de sol representa para ellos un mundo de posibilidades. Los peces betta, en cambio, pueden ver estrecha la pecera más amplia. Siempre les falta espacio y se sienten amenazados incluso por su pareja. Con toda esa presión encima interpretan la existencia del otro. No me lo estoy inventando, lo leí en uno de los libros que sacaste de la biblioteca y que por cierto aún no has devuelto. ¿Sabes a cuánto asciende la multa por cada día de retraso?

–Es un drama –dije yo, totalmente en serio–. Estoy convencida de que nuestros peces se aman, aunque no puedan vivir juntos.

¿De dónde sacaba esa conclusión? Yo misma no tenía ninguna idea. Pensé un poco en nuestra pareja de peces. Me pregunté con qué criterio los habían elegido en la tienda de mascotas para compartir el recipiente que le habían dado a Pauline. Probablemente ninguno más que el azar o la diferencia de sexos. Quizás habían nacido en el mismo acuario y entonces se conocían desde antes. O, por el contrario, tal vez no se habían visto jamás, antes de entrar en aquella pecera redonda que habían compartido tan estrechamente. ¿Podía hablarse de destino en el mundo de los peces?

Ya sé que dicho así suena como un disparate pero mis peces sufrían al estar separados y de eso estoy completamente segura. Podía sentirlo con la misma claridad con que en otras ocasiones había sentido el miedo de ella y la arrogancia de su compañero. Me dije que lo más probable era que, viviendo juntos, y a pesar de la negativa de la hembra a reproducirse, hubiesen desarrollado algún tipo de cariño o dependencia afectiva. De ahí el decaimiento que manifestaban desde el día de la pelea.

Nuestro macho permaneció castigado varios días en menos de cinco litros de agua y sin una sola piedra detrás de la cual esconderse. Habíamos acordado mantenerlo ahí mientras decidiéramos qué hacer con ellos. Sin embargo, mi marido siguió llegando tarde de la oficina y, en toda la semana, no encontramos ningún momento para discutir el destino de los peces. El jueves planteé el asunto a la hora de la cena. Vincent me dejó desconcertada con su respuesta:

–A mí, en realidad, me parece una aberración que seamos nosotros quienes decidamos por ellos. Es como instituirse en juzgado de lo familiar.

Más que una broma, consideré su comentario una evasiva. En el fondo no era extraño. Llevaba meses escabulléndose.

El viernes no pude más y actué arbitrariamente. Con ambas manos cogí el cuenco de Pauline y, de un chapuzón, devolví el pez al acuario matrimonial. Después, acerqué mi cara al vidrio para ver lo que sucedía: pasado el torbellino, el macho nadó hacia abajo, a unos pocos centímetros del librero y, al llegar ahí, dejó de moverse. Ella, en cambio, siguió actuando de la misma manera que antes. Ni se acercó a él ni cambió sus movimientos. Poco a poco, este fue recobrando la movilidad y también sus hábitos de antes. Pasaba mucho tiempo entre las algas del fondo hasta que, en la superficie, aparecía la comida. Entonces subía como un torpedo, mucho más rápido que su compañera y devoraba todo cuanto su estómago le permitía.

La solución que el director del despacho encontró para mi caso fue prolongar la licencia de maternidad gracias a un nuevo permiso, con goce de sueldo. Para eso yo debía firmar una carta en la que declaraba sufrir depresión postparto. El diagnóstico médico lo consiguieron ellos. No puedo describir la inseguridad que el asunto me produjo. El arreglo mostraba buena voluntad por parte del director pero ningún aprecio por mi desempeño profesional. Si lo pensaba un poco, era obvio que no habría trabajado ahí durante cuatro años de ser una mala abogada. Sin embargo, saber esto no era suficiente. No me libraba de la sensación de haber sido tratada con injusticia. En algún momento pensé en la posibilidad de demandarlos por sexismo pero no me sentía con ánimos de entrar en un combate tan largo e incierto como ese. A Vincent el acuerdo no le pareció tan malo: la cantidad que ofrecían era apenas inferior a mi sueldo.

–Tómalo como unas vacaciones de seis meses –dijo, tratando de convencerme–. Mientras tanto, puedes buscar otra cosa. Ya verás que encontrarás un trabajo mejor.

El diagnóstico del médico terminó convirtiéndose en una realidad o casi. Yo no sufría, por supuesto, de depresión postparto pero sí de un abatimiento profundo y de un mal humor permanente. Lo extraño es que Vincent mostrara los mismos síntomas, aunque no hubiese parido ni tampoco perdido el empleo. Quizás si hubiera ocurrido una desgracia mayor –la muerte de algún padre, una enfermedad grave, nuestra o de la niña, la pérdida verdadera de nuestros recursos financieros– la sacudida habría sido suficiente como para unirnos estrechamente o, al menos, para mirar las cosas desde otra perspectiva. Sin embargo, en esas aguas estancadas en las que Vincent y yo nos movíamos, nuestra relación siguió su curso paulatino hacia la putrefacción. Ya nunca reíamos juntos, tampoco nos la pasábamos bien de ninguna manera. El sentimiento más positivo que llegué a tener hacia él en varias semanas fue de *agradecimiento* cada vez que preparaba la cena o que se quedaba en casa cuidando a Lila para que yo pudiera ir al cine con alguna amiga. Era una bendición contar con su relevo. Adoraba a mi hija y, en general, disfrutaba muchísimo su compañía. Sin embargo, también necesitaba pasar momentos sola y en silencio, momentos de libertad y recreo en los que recuperaba, así fuera durante un par de horas, mi individualidad. El mundo se había acomodado de otra manera desde que éramos tres y, en esta nueva configuración, resultaba impresionante cómo la paternidad se había comido lo que quedaba de nuestra pareja. Comparado con un río, incluso con un estanque pequeño, un acuario, por grande que sea, es un lugar muy reducido para seres insatisfechos y proclives a la infelicidad como los betta. Las mentes de algunas personas son semejantes. No hay espacio en ellas para los pensamientos alegres ni para las versiones hermosas de la realidad. Así estuvimos nosotros durante los meses que siguieron, viendo siempre el lado más sombrío de la vida, sin apreciar o regocijarnos lo suficiente con nuestro bebé y la maravilla de su existencia, por no hablar de una infinidad de acontecimientos nimios como la salida del sol, nuestra salud, la suerte de tenernos el uno al otro.

A finales de mayo, cuando el calor empezaba a sentirse incluso por las noches, Lila sufrió una infección intestinal que le subió la fiebre a casi cuarenta. Vincent había llamado varias veces desde la oficina preguntando por su hija. Estaba enfrascado con una auditoría que le imposibilitaba regresar a casa.

–Tendré que quedarme hasta tarde esta noche –había dicho– pero no te preocupes, en cuanto llegue me ocuparé de ella y podrás dormir.

Yo tenía el auricular en una mano, mientras con la otra sumergía a la niña en la bañera de plástico intentando evitar el uso de los antipiréticos. No tenía cabeza para analizar su tono de voz ni tampoco el entorno sonoro desde el cual me estaba hablando. Lo cierto es que, a pesar de mis numerosos intentos por comunicarme con él, mi marido no volvió a hacer ninguna otra llamada. Ni siquiera mandó un mensaje para decir que estaba vivo. Su silencio se prolongó hasta las seis de la mañana. Mientras tanto, conseguí bajar la fiebre de Lila y esta se durmió definitivamente a partir de las doce. Yo esperé desconcertada, dando vueltas en el apartamento hasta que en la cerradura de la puerta escuché por fin la presencia de la llave.

–Estaba muy preocupada por ti –le dije sinceramente–. ¿Dónde te habías metido?

Vincent explicó que después de la auditoría, los compañeros de su oficina habían ido a celebrar a un *after* el final de aquella semana espantosa. Según él, había pensado quedarse sólo media hora y volver a casa a la una pero las copas habían conseguido mermar su fuerza de voluntad.

–No escuché ninguna de tus llamadas. No hay señal ahí dentro.

Una vez pasada la angustia de que algo malo le hubiera sucedido, se despertó en mí una ira incontenible, cargada de toda la frustración que había estado acumulando en esos meses. Sin decir más, empecé a destruir uno por uno los platos y el florero que había sobre la mesa.

–¡Estás enferma! –gritaba él, intentando inútilmente que recapacitara–. ¡Deja de hacer eso!

Sus insultos y reprimendas no consiguieron sino encolerizarme más.

Al día siguiente, Vincent se instaló en el cuarto de Lila y la niña empezó a dormir conmigo todas las noches. Diría incluso que a partir de ese momento dejamos de ser marido y mujer y nos convertimos en compañeros de casa. Vincent volvió a llegar de madrugada varias veces en la misma quincena. Una mañana ni siquiera regresó para cambiarse de ropa. No seguí rompiendo platos pero adquirí la costumbre de insultarlo. Mi estado de ánimo oscilaba entre el resentimiento y una tristeza insondable. No dejaba de preguntarme si íbamos a salir de eso y, en caso de no conseguirlo, qué alternativas teníamos. Al menos para mí, no imaginaba ninguna.

A diferencia de nosotros, los peces se mantuvieron tranquilos en todo ese tiempo, sin un conato de pleito. Aquellos días era yo quien me ocupaba del acuario. Tanto el calor como las preocupaciones me sacaban muy temprano de la cama, antes de que Lila o Vincent se despertaran, y empezaba a dar vueltas en mi propio recipiente. Un día, sin ningún aviso previo, ni siquiera una señal, la hembra apareció flotando en el acuario. Tenía las aletas rotas y un ojo desorbitado. Su aspecto no dejaba la menor duda: estaba muerta. El macho también estaba herido pero aún conseguía moverse entre las algas del fondo. Sin decir nada, me acerqué a la ventana abierta y levanté las persianas de metal para recibir el aire fresco de la calle. El patio interior de nuestro edificio me pareció una ratonera. Abajo, una pareja de estudiantes trasladaba su mudanza en una camioneta. No sé cuánto tiempo estuve ahí, mirando sus movimientos y sus caras ilusionadas. No oí la ducha ni la cafetera que había puesto Vincent. Supe que estaba despierto porque pasó frente a mí, camino a la puerta. Cuando vio que estaba llorando se acercó a la ventana y me dio un beso en la mejilla.

–Me voy –dijo–, se me hace tarde. Ya hablaremos después de todo esto.

Cuando Lila cumplió tres meses, la aceptaron en la guardería de la Rue Saint Ambroise. El horario era de ocho a cuatro y media. Una verdadera liberación. Fuimos los dos a dejarla en su primera mañana. De regreso pasamos frente a la tienda de mascotas que hay en République. Le pedí a Vincent que nos detuviéramos y compráramos otro betta.

–Tendrá que ser un macho –dijo él–, no me gusta nada la idea de reemplazar tan pronto a la hembra. Además, no estaría nada mal que alguien le diera un escarmiento a esa bestia.

–Mejor que sea uno flemático y no uno combativo –dije yo–. Un pez sin iniciativa al que todo le sea indiferente.

Buscamos entre los ejemplares de la tienda y elegimos uno rojo con las aletas azules. Lo llamamos Oblomov esperando que su nombre tuviera alguna influencia positiva en su comportamiento. Me pregunto por qué ese empeño, mío y de Vincent, en seguir comprando bettas. ¿Por qué después de aquella mala experiencia no buscamos otra especie más amigable? Lo que en realidad queríamos, supongo, era un compañero para nuestro pez viudo, no a otro animal que le estuviera señalando sus errores, todo lo que él no era ni podría ser jamás de acuerdo con su naturaleza. Decidimos dejar al nuevo en otra pecera. Habíamos oído decir que dos machos betta que viven en entornos separados, desde los cuales alcanzan a verse, compiten desplegando toda la variedad de colores que sus genes les permiten desarrollar. Oblomov parecía florecer en su pequeño recipiente pero no era el caso del pez viudo. Este declinaba cada día y, después de dos semanas, acabó flotando en la superficie del acuario como su antigua compañera. Después de su muerte, desmontamos el acuario y lo llevamos al sótano. Para llenar el vacío, reacomodamos el librero como había estado al principio, con mis diversas ediciones del Código Civil.

Oblomov siguió habitando su cuenco de vidrio, colocado, como antes, sobre la mesita esquinera del salón. Prácticamente nos olvidamos de él. Ni a Vincent ni a mí nos interesaba ya observar su desarrollo o su comportamiento. Le dábamos de comer de cuando en cuando y sin ningún sistema. Fue alrededor de esos días cuando tomé la decisión de marcharme a Burdeos. Buscaría trabajo ahí y cuando lo consiguiera me mudaría a vivir con Lila a un apartamento que imaginaba amplio y no muy lejos del centro. Mientras tanto viviría con mis padres. Hablé con Vincent al respecto. Podría ir a ver a la niña cada vez que quisiera. Tal vez, con la distancia, las cosas terminarían componiéndose entre nosotros y también él decidiera mudarse. Eso dijimos entre otras falsedades que ya no recuerdo. Mientras hablábamos, miré varias veces al pez rojo que daba vueltas dentro de su recipiente en el sentido contrario al del reloj.

Ayer por la mañana terminé de empacar mis libros en las cajas. Atolondrada como estaba, incluí los de la biblioteca. Metí mi ropa de invierno en el baúl metálico que, durante muchos años, sirvió de mesa en un apartamento aún más pequeño. Por la tarde, antes de ir por Lila a la guardería, revisé los libros que iba a dejar aquí ya que nunca ha sido clara su pertenencia. Estuve dando una infinidad de vueltas de la biblioteca a mi cuarto. Antes de que terminara, Oblomov había muerto. A nadie sorprende que Vincent y yo nos estemos separando. Me doy cuenta de que es una catástrofe que la gente esperaba, como el derrumbe económico de algún pequeño país o la muerte de un enfermo terminal. Sólo nosotros habíamos seguido aferrados durante meses a la posibilidad de un cambio que ni sabíamos propiciar ni estaba en nuestra naturaleza llevar a cabo. Nadie nos obligó a casarnos. Ninguna mano desconocida nos sacó de nuestro acuario familiar y nos metió en esta casa sin nuestro consentimiento. Nosotros nos elegimos y por razones que, al menos en aquel tiempo, nos parecieron de peso. Los motivos por los cuales nos dejamos son mucho más difusos pero igual de irrevocables.

Guerra en los basureros

Hace más de diez años que ejerzo como profesor de biología en la Universidad del Valle de México. Mi especialidad son los insectos. Algunas personas vinculadas a mi campo de investigación me han hecho notar que cuando entro en un laboratorio o en las aulas de clase, casi siempre prefiero acomodarme en las esquinas; del mismo modo en que, cuando camino por la calle, me muevo con mayor seguridad si estoy cerca de un muro. Aunque no sabría explicar exactamente por qué, he llegado a pensar que se trata de un hábito relacionado con mi naturaleza profunda. Mi interés por los insectos despertó muy pronto, en el paso de la infancia hacia la adolescencia, alrededor de los once. La ruptura de mis padres era aún muy reciente y, puesto que ninguno de los dos estaba en condiciones psicológicas para hacerse cargo del error que habían engendrado juntos, decidieron mandarme a vivir con la hermana mayor de mi madre, mi tía Claudine, que sí había logrado construir una familia funcional, con dos hijos disciplinados, pulcros y buenos estudiantes. Yo conocía muy bien su casa, situada en un fraccionamiento clasemediero con aspiraciones *yankies* como decía mi papá. Muy diferente del lugar en el que yo había nacido y pasado once largos años. Mi casa y la de mis tíos eran opuestas en todo. Nosotros vivíamos en una parte desmejorada de la colonia Roma, uno de esos departamentos que ahora se conocen con el nombre de *loft* y en aquella época como «estudio de artistas», aunque en realidad se asemejaba más a un cuarto oscuro de fotografía, por las telas superpuestas –casi todas hindúes– que frenaban la entrada del sol: mi madre sufría migrañas constantes y no soportaba estar expuesta mucho tiempo a la luz. La casa de mis tíos, en cambio, tenía inmensos ventanales, además de un jardín donde mis primos jugaban al pingpong. Mientras que, en nuestra familia, los tres teníamos la responsabilidad de la limpieza –obligación que ninguno cumplía cabalmente–, mis tíos contaban con una sirvienta amable y silenciosa que cohabitaba con su madre en la misma azotea: Isabel y Clemencia. Una vez instalado en la casa de mi tía, esas dos mujeres me enseñaron más cosas de las que aprendí en todo el año escolar. No es de extrañarse, pues las peleas y los gritos de mis padres habían tenido en mí el efecto de una perforadora: cualquier información que no fuera indispensable para mi supervivencia, como las divisiones con punto decimal y las monocotiledóneas gramíneas, se filtraba por las grietas de mi averiada cabeza para perderse sin remedio en el olvido.

Imagino agradecido el esfuerzo que representó para mis padres desplazarse juntos esa mañana de agosto hasta la casa de mis tíos. Ni siquiera aceptaron tomar una copa y eso que casi nunca se negaban a ello. Dejaron mis dos maletas en el vestíbulo y se despidieron ahí. La noche anterior, mi padre me había explicado que ambos tenían ideas muy distintas sobre diversos asuntos, entre ellos mi educación. Me aseguró también que tarde o temprano las cosas iban a arreglarse y que yo podría elegir mudarme con alguno de los dos y pasar las vacaciones con el otro, como hacían todos los hijos de padres divorciados a los que yo venía observando desde hacía tiempo en la escuela, con la misma curiosidad con que uno mira a las víctimas de una guerra civil. Mamá no dijo nada esa noche. La recuerdo sentada sobre la alfombra, en su pose favorita, con las piernas dobladas en triángulo y el mentón apoyado sobre las rodillas. Mientras me llevaban en coche hasta el fraccionamiento, mis padres no añadieron nada a aquella explicación. Saludaron a mis tíos sin mirarlos a los ojos y me pidieron, frente a ellos, que me portara bien y que los obedeciera en todo. Después, sin revelar la fecha en que vendrían a buscarme, o por lo menos el día de su próxima visita, subieron al automóvil y se esfumaron.

Mi tía Claudine me tomó de la mano y me llevó hasta lo que, a partir de entonces, sería mi habitación. Se trataba de un cuchitril en la azotea, entre la cocina y el cuarto de servicio en el que vivían Isabel y Clemencia. Mi tía se disculpó en voz baja por ponerme en ese lugar tan poco hospitalario pero mi llegada la había tomado por sorpresa y no contaba con ninguna habitación libre donde recibirme. Sin embargo, aquel cuarto no era tan desagradable. Yo siempre había sido un niño observador y comprendía las ventajas de vivir en una casa organizada. Era la primera vez que tenía una habitación para mí, ya que en el estudio de mis padres los espacios estaban separados únicamente por biombos o cortinillas de papel. Cuando me quedé solo, cerré la puerta y corrí las cortinas; moví la cama de lugar, saqué mi ropa de la maleta y la instalé en los cajones de la cómoda como si se tratara de una mudanza. Mientras me ayudaba a empacar, mi madre me había asegurado que mi estancia en casa de los tíos sería corta y que de ninguna manera consideraba conveniente que me llevara todas mis pertenencias. «Tal vez tu padre y yo acabemos reconciliándonos», recuerdo que dijo, con su titubeo habitual. Sin embargo, yo preferí enfrentar aquel cambio como algo definitivo. Esa tarde, mis primos, algo mayores que yo, subieron a saludarme con una fraternidad sospechosa que durante meses no volvieron a demostrar, y regresaron a sus respectivas ocupaciones hasta la hora de la cena. Estábamos en el mes de enero pero ya no hacía frío. Recuerdo ese fin de semana como un remanso. Me sorprendió que existiera un sitio en el que nadie discutía, excepto en las telenovelas, cuyas voces llegaban hasta mí por la ventana del cuarto de servicio.

Conocía poco a mi tía Claudine, menos aún a su esposo. Ella era exactamente lo que mi madre llamaba «una mujer tradicional», es decir una señora que no usaba vaqueros ni faldas orientales, no fumaba marihuana y tampoco escuchaba canciones en inglés. No se preocupaba por el orden mundial sino por el doméstico y por los eventos sociales de su club privado. Al mirarla, no podía sino sorprenderme por lo distinta que era de mi madre, quien, a decir de papá, era incapaz de realizar correctamente más de una actividad al día, como hacer la compra u ordenar sus papeles, y que constantemente quemaba las cacerolas, permitía que las sábanas se pudrieran en la lavadora y dejaba las llaves en la cerradura del departamento. Un desastre, en pocas palabras, pero un desastre increíblemente tierno y al cual por supuesto yo estaba más que apegado. Las pocas reuniones de familia que conservo en la memoria se celebraron siempre en casa de mi tía Claudine. Según mamá, ellos no querían venir a nuestro estudio porque les daba asco. Cuando llegué a su casa, mis tíos me recibieron con una mezcla de lástima por la situación de mis padres y de aprensión por la forma en que me habían educado.

Mi tía era una mujer práctica y, para solucionarse la vida, decidió cambiarme de escuela ese año. En vez de seguir asistiendo a la primaria de mi barrio, iría con mis primos al Colegio Americano. Como mi nueva existencia, la escuela también se dividía en diferentes escalones. La mayoría de los alumnos rubios, a la que pertenecían mis primos, estudiaban en la sección americana del colegio, mientras que yo acudía a la mexicana, una sección más barata, donde se hablaba español y cuyos salones se encontraban no en la azotea sino en la planta baja, es decir, en la parte más oscura del edificio. Todas las mañanas, cuando el autobús de la escuela pasaba a recogernos, mis primos ocupaban los asientos traseros del armatoste y, desde ahí, mataban el tiempo molestando a mis compañeros.

Es verdad –como aseguró mi tía Claudine a mi padre por teléfono un par de meses después– que yo no hice ningún esfuerzo por integrarme. Podía haber participado más en las conversaciones familiares o aparecer más seguido en las comilonas del domingo a las que acudían otros parientes que también eran los míos; podía haber pedido que me inscribieran al club donde sus hijos pasaban las mañanas del sábado; podía haberme hecho amigo, ya no digamos de mis dos primos, sino de al menos uno; podía haberme tomado la molestia de averiguar cuál era el menos antipático de ellos. En vez de eso, permanecí casi siempre recluido en mi cuarto, con la mirada absorta en las grietas del techo y los oídos atentos a los chismes que la empleada le contaba a su madre acerca de sus patrones.

Mi habitación, a medio camino entre la casta de las sirvientas y los miembros de la familia, representaba muy bien mi lugar en ese universo. Aunque nunca lo expresaron de manera contundente, a la hora de la comida notaba un desagrado general por mis modales y mi forma de comportarme en la mesa. Mi tía censuraba sin cesar a mis primos, sobre todo al más pequeño, para que no hablaran con la boca llena y bajaran los codos del mantel. A mí, en cambio, nunca me decía nada y eso aumentaba la animadversión que recibía de ellos. Fue por ese motivo principalmente por el que empecé a comer en otros horarios. Al llegar de la escuela subía a mi cuarto para hacer la tarea y bajaba a la cocina, justo antes de que Isabel metiera las sobras al refrigerador. También a la hora de la cena esperaba a que todos hubieran dejado el comedor, aun si a veces no me era fácil resistir a los olores de comida que subían hasta la azotea. Cuando todos se marchaban, encendía las luces para prepararme un sándwich y beber la taza de chocolate que Isabel me dejaba junto a la estufa. Cenaba solo, como un espectro cuya vida transcurre de manera paralela, sin que nadie venga a interrumpirla. Me gustaba el silencio y la tranquilidad de esas horas. A veces, mientras sorbía con estruendo mi bebida caliente, encontraba algún rastro de Isabel: una lista de mercado, un folletín de la iglesia evangelista, una guía de telenovelas. Era entretenido observar esos papeles, la letra torpe de la muchacha, sus indecisiones ortográficas. Después de cenar, lavaba mi plato y mis cubiertos y subía a asearme al baño de servicio que Isabel y su madre dejaban lleno de vapor y aroma a crema Nivea.

Los sábados, mientras mis primos jugaban al tenis en el club, yo acompañaba a Isabel a La Merced a hacer la compra de la semana. Subíamos a un autobús que pasaba a pocas cuadras de la casa y luego a otro que nos llevaba por la avenida Vértiz. El mercado de La Merced era mucho más interesante que el pequeño súper, situado en la misma calle que el estudio de mis padres, donde había hecho la compra hasta entonces. Lo que más disfrutaba de aquellos paseos con Isabel era el viaje en autobús por la ciudad y los personajes que compartían el transporte con nosotros. Personas de todas las edades y todas las clases sociales meciéndose y chocando entre sí. Se veían también mendigos de muy distintos tipos, desde niños tullidos hasta amas de casa de aspecto venerable. Una vez me tocó presenciar un asalto a manos de un payaso armado que amenazó al chofer mientras todos poníamos nuestro capital en la bolsa de su ayudante. También a Isabel le gustaba salir a hacer la compra. En cuanto salía de casa se ponía de buen humor y conversaba conmigo acerca de lo que estuviéramos viendo. Con esa misma alegría eficaz, regateaba con los marchantes.

De todas las vidas que transcurrían en esa casa, la de Clemencia era, sin lugar a dudas, la más circunspecta de todas, incluso más que la mía. No hablaba con nadie, evitaba encontrarse con los miembros de la familia y, si por casualidad coincidía con alguno de mis primos en la escalera de servicio, jamás le dirigía la palabra. Sólo de noche la escuchaba susurrando en su habitación con su hija. A veces, sin embargo, sobre todo si me notaba triste o preocupado, dando vueltas por la azotea como era mi costumbre, me ofrecía uno de los cigarrillos que fumaba a escondidas de Isabel, a unos cuantos pasos de los tanques de gas estacionario. Nunca los acepté pero me quedaba a su lado cuando los encendía. El olor de sus Delicados sin filtro me recordaba el del estudio de mis padres.

No sabría decir si fue por la sazón exquisita de Isabel, por el exceso de manjares que había en esa cocina o simplemente porque las colaciones improvisadas no me eran suficientes, pero en casa de mi tía me volví un aficionado a la comida. Ya no salía de mi cuarto sólo de cuando en cuando para ir a comer algo, sino que, en una misma noche, bajaba varias veces por una Coca-Cola, una paquete de galletas, un yogurt con mermelada, sin importar la hora. Recuerdo perfectamente la sensación de libertad que me causaba moverme sin ser visto ni escuchado por aquella casa y sospecho que de ese tiempo proviene la costumbre de caminar al ras de los muros de la que hablaba al principio.

Una de esas madrugadas en que bajé a la cocina con la intención de servirme un vaso de leche, descubrí una cucaracha enorme, color marrón muy oscuro, detenida junto a la alacena. Me pareció que aquel insecto me miraba y en sus ojos reconocí la misma sorpresa y desconfianza que yo sentía por él. Acto seguido, se echó a correr atolondrado, hacia todas partes. Su nerviosismo me dio asco y, al mismo tiempo, me produjo una sensación familiar. ¿O fue acaso la sensación de familiaridad la que me produjo el rechazo? No sé decirlo. Lo cierto es que dejé el vaso sobre la mesa y corrí despavorido hasta mi cuarto pero no pude dormir. Me preocupaban dos cosas: mi actuación cobarde frente a un miserable bicho y el vaso de leche que había dejado sobre la mesa. Después de pensarlo mucho, reuní el valor suficiente para volver a bajar. Entonces descubrí que el insecto seguía en el suelo. Esta vez no sentí miedo sino una aversión infinita. Levanté el pie del suelo y con la suela de mi chancla lo estampé en el mosaico. El impacto produjo un crujido que, en medio de aquel silencio, me pareció estrepitoso. Me disponía a subir de nueva cuenta, cuando escuché la voz disgustada de Clemencia a unos pasos de distancia:

–Si no la levantas y te deshaces de ella –me dijo–, vendrán a buscarla sus parientes.

La anciana se inclinó con suavidad y recogió con la mano el cadáver de la cucaracha para envolverlo en una servilleta. Había algo solemne en su actitud, como de quien lleva a cabo un ritual mortuorio. Después abrió la puerta del patio trasero que compartíamos con otras casas vecinas y la echó en una maceta.

Sin decir nada, subimos a nuestras habitaciones. Una vez en la azotea, Clemencia empezó a lamentarse.

–¿A quién se le ocurre? –dijo, casi para sus adentros–. Ahora, lo más probable es que vengan a invadirnos.

Pasé varias horas en mi cama, dándole vueltas al asunto. Incluso para un niño de once años, lo que Clemencia había dicho sonaba un poco descabellado. Durante mi insomnio me pregunté qué pasaría con nosotros si Clemencia tuviese razón y, de ser así, cómo eran los lazos familiares entre las cucarachas, qué obligaciones y qué derechos tenían dentro de su clan. Y esa familia, ¿era una sola, interminable, que habitaba toda la tierra, o había distinciones entre las diferentes ramas? Cuando por fin logré dormirme, soñé con un cortejo fúnebre de cucarachas. Aquella que yo había aplastado con el pie yacía en medio de una muchedumbre, como cuando fallece un héroe o un poeta querido. Tuve la certeza de que nunca me lo perdonarían.

Clemencia no se equivocaba. En muy poco tiempo, las cucarachas invadieron la casa de mi tía Claudine. No llegaron de golpe como hordas de vikingos, dispuestas a conquistar un territorio. Pero se apoderaron de la alacena subrepticiamente, a la manera de una guerrilla que evita ser detectada. Luego, de la cocina entera. Pocos días más tarde, Isabel llamó a su patrona para darle la noticia. Me encontraba junto a ellas justo en ese momento y por eso pude ver el rictus serio e imponente de mi silenciosa tía. Yo no lograba quitarme de la cabeza que la invasión se había producido por mi culpa. Pensé que la despediría, pero en vez de eso, cuando por fin se decidió a decir algo, fue para establecer un plan de ataque. Empezarían con el veneno más ordinario. Si este no funcionaba en las próximas setenta y dos horas, llamarían al fumigador. Isabel asintió gravemente. Tenía las piernas muy juntas y el cuerpo erguido como un militar. Antes de marcharse, Claudine se detuvo en el quicio de la puerta, pidió a la sirvienta que le preparara un té de tila y que se lo llevara a la cama.

–No se lo cuentes a nadie –dijo– esto debe quedar entre nosotras.

Sin embargo, mi tía no respetó su plan inicial. Quizás fue una cuestión de orgullo o de simple pudor ante los vecinos, el caso es que el fumigador nunca pisó su casa. En cambio, durante las semanas siguientes vimos circular todo tipo de trampas y venenos para mitigar la plaga. La más impresionante era una especie de goma donde algunas cucarachas se pegaban, dejando un pedazo de caparazón, a veces una sola pata. Por desgracia, la trampa no las mataba y tampoco las dejaba estériles. Aun mutilados, esos insectos se seguían reproduciendo velozmente, poblando las alacenas y los estantes donde se guardaban las especias. Mi tía era la estratega e Isabel la ejecutora. Esta última se tomaba el asunto de las cucarachas como una cuestión personal, la oportunidad que había esperado siempre de demostrar su lealtad a la familia. La simpatía que me inspiraba Isabel me hacía solidarizarme con su guerra. Cada noche la ayudaba a rociar las orillas de la casa con un producto blanco e inodoro que supuestamente ahuyentaba a los insectos. Sin embargo, el único resultado de esa nueva sustancia fue la muerte de un ratón cuya existencia nos resultó insignificante. Mi tía Claudine, en cambio, prefería el aerosol. Cuando ni sus hijos ni su marido estaban en casa, aparecía en los pasillos con un cubre-boca y el tubo en la mano, su actitud poderosa recordaba la de un soldado transportando un arma de alto calibre. El ruido del aerosol llegaba hasta mi cuarto causándome escalofríos. Isabel y mi tía ya no hablaban de ninguna otra cosa. Parecían acaparadas por la presencia de los insectos. Mis primos, en cambio, no mencionaban nunca el tema. Muchas veces pregunté si Claudine perseveraba en su afán por mantenerlos aparte o si eran ellos mismos quienes preferían fingir demencia. Sospecho que lo sabían pero, por temor a los nervios de su madre o por simple indiferencia, preferían hacerse los desinformados. Hasta que mi tía ventiló públicamente el asunto, para redoblar las precauciones, no se atrevieron a comentarlo.

–Es importante –nos dijo Claudine– que se muestren más cuidadosos con los alimentos. Prohibido dejar platos sucios en la sala o en el cuarto de la tele. No quiero ver ni una migaja en el suelo.

Mis primos adoptaron con seriedad todas las medidas de higiene que les requería su madre. Yo hice lo mismo, extrañado de mi propio comportamiento. Las veces en que había visto una araña o un cara de niño en el patio de la escuela, mi reacción había sido serena y despreocupada. Y sin embargo ahora consideraba estos bichos un problema de vida o muerte. Muy rápidamente mis primos se contagiaron de la enjundia. Cada vez que aparecía una cucaracha en el baño o sobre la alfombra de alguna habitación, toda la familia se reunía para acribillarla, Isabel y yo incluidos. Ya no era cuestión de clases sociales sino de una verdadera guerra entre especies. Esos insectos no sólo habían invadido los cajones y las alacenas, sino también todos los resquicios de nuestras conciencias. Cualquiera que las haya sufrido, sabrá que no exagero: las cucarachas casi siempre terminan convirtiéndose en una obsesión.

Clemencia era la única que se mantenía fuera de aquella alharaca. Su actitud me extrañaba sobre todo después de su arrebato de la primera noche. Estaba seguro de que sabía muchas cosas acerca de nuestras enemigas y, sin embargo, no revelaba ninguna. Lo único que hacía, de cuando en cuando, era expresarse con sarcasmo acerca de nuestro encarnizamiento:

–Así son los ricos –decía–. Se angustian siempre por tan poca cosa. Mírenlos, parece que les hubiera caído el chahuistle.

Olvidaba que una de las principales atacantes de los insectos era su propia hija.

Según lo que había dicho aquella noche, las cucarachas tenían códigos y rituales, al menos funerarios. Me dije que era importante observar su comportamiento más sistemáticamente y que de esa observación saldrían las claves para aniquilarlas.

El enemigo, en cambio, no parecía amedrentado por nuestros ataques. Las cucarachas caminaban por la casa con una desfachatez que rayaba en la arrogancia, tal vez porque, al menos en número, eran superiores a nosotros o quizás porque, a diferencia de los seres humanos, no les importaba la muerte. Era esta característica y no el color de sus caparazones ni la fealdad de sus patas nerviosas lo que más me atemorizaba. De algo estaba seguro: si no las desterrábamos, ellas lo harían con nosotros.

Un sábado por la mañana, Isabel y yo nos sentamos a platicar en la cocina. Habíamos puesto pan a descongelar en el microondas. Mientras la mujer me explicaba los beneficios del nuevo insecticida, escuchamos unas crepitaciones inusuales dentro del aparato. Cuando abrimos la puerta, descubrimos tres cadáveres de cucaracha sobre las banderillas. Por lo visto, la parte de arriba del microondas –que rara vez encendíamos– era uno de sus principales cuarteles. La escena me dejó horrorizado: ya habíamos probado todo y seguíamos en las mismas. En cambio Isabel se mantuvo inusualmente tranquila.

–No te preocupes –me dijo con tono protector–. Vamos a ganar esta guerra…

Esa semana, Isabel dejó de utilizar el insecticida. Sin abandonar ni un instante su nueva tranquilidad, se puso a perseguir a los bichos para meterlos en un bote vacío de yogurt. El sábado siguiente, en vez de subir al autobús, mi tía nos acompañó en coche hasta La Merced. Hicimos la compra igual que siempre pero esta vez, antes de salir, Isabel nos condujo a Claudine y a mí a una nave a la que nunca antes me había llevado. En esta zona, los puestos no tenían cortinas de metal y tampoco mesas de exhibición como en los otros galpones. Ahí, los comerciantes ponían su tendido en el suelo. Una sábana o un petate bastaban para enseñar su mercancía. Algunos llevaban hierbas, otros montoncitos de frutas silvestres, nísperos o ciruelas visiblemente recolectados por ellos mismos. Otros vendían canastas. Alguien en uno de esos puestos miserables llamó poderosamente mi atención. Se trataba de una niña de rostro hermoso y muy oscuro que ayudaba a su madre a vender insectos.

–¿Qué es lo que venden? –le pregunté a Isabel, con incredulidad.

–Son jumiles –respondió la niña con una voz tan dulce que me ruboricé en el acto–. ¿Quieres probarlos?

Me quedé atónito observando el espectáculo. Lo que la niña vendía eran chinches redondas y muy inquietas en conos de cartón que los compradores comían ahí mismo con limón y sal, sin tomarse la molestia de cocinarlas.

–Ándale, ¿qué esperas? –me regañó Isabel ante la mirada risueña de mi tía–. ¿Le vas a decir que no a ese angelito? ¡Te las está regalando!

Extendí la mano y la niña puso en ella uno de esos vasitos, rebosante de jumiles. Ella misma lo aderezó para mí.

A pesar de todo lo que pueda decir mi tía sobre la extravagancia de mis padres, yo nunca había comido insectos, ni siquiera chapulines. Mientras seguía dudando sobre si probarlos o no, uno de los animales escapó y empezó a trepar por mi antebrazo. No pude más, tiré el cucurucho al suelo y salí corriendo. Isabel me encontró en la puerta que separaba el galpón de la siguiente nave del mercado donde vendían la fruta y a la que siempre solíamos ir.

Los jumiles no eran los únicos bichos que se vendían ahí. También había comerciantes de abejas cuyo veneno –me enteré esa mañana– servía para desinflamar heridas y para bajar la fiebre, grillos color morado, gusanos del maíz, ahuahutles y unas hormigas gigantes que se llaman chicatanas. Según el instituto para el cual trabajo en la universidad, el número de insectos comestibles censados en nuestro país asciende a quinientas siete especies.

–¿Ve que no tiene nada de malo comerse a los insectos? –le preguntó Isabel a mi tía quien seguía observándolo todo con actitud reflexiva–. Se lo aseguro, señora. Si empezamos a comerlas, las cucarachas se irán despavoridas.

–Pero ¿cómo vamos a convencer a mi marido y a los niños de que lo hagan? –preguntó Claudine para mi sorpresa.

–Primero se las daremos sin decir nada y, ya que se acostumbren, les explicamos todo. Si no, los traemos aquí para que se den cuenta.

El lunes, al volver de la escuela, comprendí que mi tía ya estaba decidida. A la hora de comer, Isabel sirvió ensalada de lechuga y charales empanizados. Para aderezarlos, trajo un par de salsas picantes, sal y rebanadas de limón. Desde la cocina, miré cómo mi familia devoraba aquel platillo nuevo con el hambre de siempre. Mi tía también comió pero en menor cantidad y a regañadientes, con una expresión de mártir absorta en su sacrificio. Yo no probé bocado. Al día siguiente sirvieron *chop-suey* y el miércoles setas de diferentes tipos en salsa de chile guajillo. Toda esa semana Isabel siguió innovando manjares. Después de varios días y sin ningún tipo de razón aparente, la población de cucarachas en nuestra alacena había disminuido. Mi tía estaba feliz y llamó a sus hijos para explicarles el nuevo estado de las cosas.

–No le digan nada a su papá todavía –advirtió–. Creo que no está preparado.

Al principio mis primos se mostraron contrariados. El más pequeño vomitó esa tarde y se negó a comer durante varios días. Sin embargo, muy pronto todos dejamos de lado los prejuicios y empezamos a disfrutar intensamente nuestra supremacía sobre las cucarachas. Era tanta la animadversión que les teníamos que ideamos todo tipo de estrategias para torturarlas. La receta más popular en la familia fue el ceviche de cucaracha que Isabel preparaba a la vista de todos. Para hacerlo, ponía a ayunar a las miserables con hierbas de olor, como se hace con los chapulines, y una vez purgadas, las dejaba marinando varias horas en jugo de limón. Ahora sé que muchas personas desarrollan alergias a las cucarachas. Su sola presencia les produce edemas en los párpados y un lagrimeo constante. En ocasiones llegan incluso a originar asma. Sin embargo, quizás por la manera tan escrupulosa como las cocinaba Isabel, nadie de la familia desarrolló esas reacciones. La ingesta de cucarachas no sólo nos ayudó a terminar con la plaga sino que fomentó la amistad entre nosotros. Yo volví a comer a la misma hora que todos los demás, poniendo mayor atención en mis modales y mis primos dejaron de segregarme por mi mal comportamiento. No hay nada como un secreto familiar para propiciar la unidad entre los miembros.

Clemencia era la única que no participaba de esas bacanales. Si antes ya se mantenía apartada de todos nosotros, sus reticencias gastronómicas terminaron de marginarla. Una noche, me despertó el susurro de una conversación. Isabel y su madre discutían en su cuarto acaloradamente. Me puse las chanclas y salí dispuesto a escuchar detrás de la puerta.

–Puede que sea el remedio, pero no tienes derecho. Es injusto lo que estás haciendo –decía la vieja al borde del llanto.

Conocía a Clemencia lo suficiente como para saber que le importaba un comino lo que comieran los habitantes de esa casa. Lo que yo no podía creer es que estuviera defendiendo a las cucarachas. Pero Isabel, quien a todas luces no se había dado cuenta del bando al que pertenecía su madre, insistió, una y otra vez, en que era la única manera de vencerlas. Yo había visto alguna vez en la televisión cómo los insectos se eliminan entre ellos. La mejor manera de acabar con una especie es permitir que otra se la coma. Isabel tenía razón y los resultados hablaban por sí mismos.

Días más tarde, mientras la acompañaba a fumar uno de sus Delicados sin filtro, Clemencia me habló de las cucarachas con una admiración evidente.

–Estos animales fueron los primeros pobladores de la Tierra y, aunque el mundo se acabe mañana, sobrevivirían. Son la memoria de nuestros ancestros. Son nuestras abuelas y nuestros descendientes. ¿Te das cuenta de lo que significa comérselas?

Clemencia no bromeaba al preguntar esto. La cuestión del parentesco le parecía imponderable. Le contesté que ni Isabel ni yo teníamos la intención de exterminar a la especie, lo único que queríamos era echarlas de la casa.

–Además no tiene nada de malo comer insectos –exclamé, utilizando las palabras de Isabel–. En el mercado los venden.

Clemencia guardó silencio y, mientras lo hacía, me dirigió una mirada acusadora, cargada de resentimiento.

–Nadie, además de ustedes, se come a las cucarachas. Pero todo lo que hacemos se paga en esta vida. Después no se extrañen de su mala suerte.

Volví a mi cuarto aterrorizado por la amenaza de la vieja. Ya antes había visto cómo se cumplían sus disparates.

El viernes por la mañana, mi tía apareció en la escuela para llevarme a casa. Le pregunté si había pasado algo malo pero ella sólo negó con la cabeza. La vi tan seria que no me atreví a preguntar nada más. Hicimos el trayecto en coche, sin decir una palabra. En el vestíbulo de la entrada reconocí el abrigo de mi madre. Desde el fondo de la sala se esparcía el olor tan peculiar de sus cigarros oscuros. Me sorprendió el aspecto lustroso de su ropa. Los meses que había pasado en ese fraccionamiento me habían acostumbrado al brillo de las prendas clasemedieras y a sus muebles impecables.

Mucho más delgada que antes, mi madre temblaba de nervios en una orilla del sofá. Infringiendo las reglas de la casa –reglas que ella conocía perfectamente–, encendía un cigarro tras otro y aspiraba con fuerza, como si en la sustancia volátil que entraba por sus pulmones hubiera querido encontrar el valor para mirarme a los ojos. No había venido a buscarme. Parecía más interesada en saber si me portaba correctamente, si cumplía con mis obligaciones domésticas y escolares y si mi tía estaba de acuerdo en seguirme alojando. Algo comentó de una cuenta bancaria que podía servir para solventar sus gastos o los míos. Eso no lo entendí bien. Lo que sí capté perfectamente fue que tenía mucho miedo. Fiel a su carácter práctico, mi tía reveló la explicación que su hermana no lograba formular:

–Tu madre ha decidido internarse en una clínica –me dijo–. Nosotros estamos de acuerdo y vamos a apoyarla.

Sin esperar mi respuesta, Claudine salió de la sala para dejarnos solos. Mamá siguió temblando en silencio. Me acerqué al sofá con todo el cuidado del mundo y la abracé. Todas mis dudas desaparecieron en aquel momento: por más adaptado que estuviera a esa nueva familia, era a ella a quien pertenecía y era con ella con quien deseaba vivir. En un tono de voz muy bajo, un tono de confidencia, le hablé de mis primos, de lo espantoso que era viajar con ellos en el camión de la escuela, exageré todo lo que pude las condiciones en las que vivía para que me llevara a su estudio, a la clínica o a donde fuera. Le prometí ocuparme de ella y, por toda respuesta, recibí el calor de su aliento alquitranado. Al cabo de unos minutos, mi tía volvió a la sala para llevársela.

Recuerdo que esa noche cayó un largo aguacero. Isabel y Clemencia tocaron varias veces a la puerta de mi cuarto. La silueta del paraguas se reflejaba en una de mis ventanas. No es que no quisiera verlas o hablar con ellas, pero carecía de fuerzas para salir de la cama y abrir. La única compañía que tuve en ese momento fue la de una cucaracha muy pequeña que permaneció toda la noche junto al buró de la esquina. Una cucaracha huérfana, probablemente asustada, que no sabía hacia dónde moverse.

FELINA

LOS VÍNCULOS ENTRE los animales y los seres humanos pueden ser tan complejos como aquellos que nos unen a la gente. Hay personas que mantienen con sus mascotas lazos de cordialidad resistida. Los alimentan, los sacan a pasear si es necesario, pero rara vez hablan con ellos si no es para reprimirlos o para «educarlos». En cambio, hay quienes convierten a sus tortugas en sus más cercanas confidentes. Cada noche se inclinan ante sus peceras y les cuentan las experiencias que han tenido en el trabajo, el enfrentamiento postergado con su jefe, sus incertidumbres y esperanzas amorosas. Entre los animales domésticos, los perros gozan de una prensa particularmente buena. Se dice incluso que son los mejores amigos del hombre por su fidelidad y su nobleza, palabras que en muchos casos no significan otra cosa más que resistencia al maltrato y al abandono. Los perros son animales generalmente buenos, es cierto, pero también he sabido de algunos que desconocen a sus amos y, en un rapto de locura o de hartazgo, los atacan, causando un desconcierto similar al que producen las madres que golpean a sus hijos pequeños. Los felinos, en cambio, padecen de una reputación de egoísmo y exceso de independencia. No comparto en absoluto esa opinión. Es verdad que los gatos son menos demandantes que los perros y que su compañía suele ser mucho menos impositiva, a veces casi imperceptible. Sin embargo, sé por experiencia que pueden desarrollar una enorme empatía hacia los seres de su especie así como hacia sus amos. En realidad, los felinos son animales sumamente versátiles y su carácter cubre desde el ostracismo de la tortuga hasta la omnipresencia del perro.

Mi conocimiento de los gatos se remonta a cuando aún acudía a la universidad. Estaba terminando una licenciatura en historia y mi ambición era estudiar un posgrado en el extranjero, de ser posible en una universidad prestigiosa. En aquel entonces alquilaba un departamento amplio y soleado que compartía de cuando en cuando con otros estudiantes y, más tarde, con dos gatos. Ahora que lo pienso, los compañeros de piso cumplen en ocasiones el papel de las mascotas y el vínculo con ellos es igual de complejo. Dos hombres y una mujer cohabitaron conmigo en ese departamento. El primero estudiaba arquitectura pero tenía una pasión por los tatuajes y decoró su cuarto, en el que casi nunca abría las cortinas, con coloridos afiches de japoneses desnudos. La mujer era más sociable. Le gustaba invitar amigas a la casa y organizar con ellas largas sesiones cinéfilas en DVD. Sin embargo, padecía una bulimia inconfesada que hacía injusto el pago compartido de la compra en el supermercado. No soportó que la cuestionara al respecto y el día en que me vi obligada a hacerlo decidió cambiar de casa. El tercer inquilino, de temperamento mucho más discreto, iba para médico y pasaba mucho tiempo en el hospital. Como no estaba casi nunca, fue de lejos el mejor. Su estancia duró poco más de seis meses. Luego, se marchó a provincia para cumplir con el internado.

Los gatos, a diferencia de los inquilinos, fueron una compañía verdadera y estable. Durante mi niñez, varios animales habían circulado por la casa de mis padres: un conejo, un pastor alemán, un hámster y dos gatos domésticos europeos que nunca se conocieron. Aunque las consideraba mías, las mascotas de mi infancia nunca me supusieron una responsabilidad. A mí sólo me correspondía disfrutarlas, su cuidado estaba a cargo de mis padres. En cambio, los gatos que tuve como estudiante dependían exclusivamente de mí. Desde el momento en que entraron en mi vida, sentí el deber de protegerlos y fue esa sensación, hasta entonces desconocida, la que me hizo adoptarlos. Aparecieron una mañana de diciembre en la que estaba haciendo un frío inusual. Marisa, mi asesora de tesis, con quien tenía una amistad incipiente, me llamó por teléfono para contarme que los habían encontrado en la calle, dentro de una bolsa de plástico, amarrados entre sí por alguien que a todas luces quería verlos muertos. Eran aún dos cachorros, más pequeños de la edad acostumbrada para destetarlos. La historia me conmovió tanto que acepté la propuesta y salí de inmediato a recogerlos. Mi conmiseración por ellos aumentó cuando abrí la caja y los vi maullando afónicamente, temblando aún por la falta tan prolongada de oxígeno.

–Obsérvalos bien –me aconsejó mi asesora–. Puede que hayan sufrido lesiones en el cerebro. No estaría mal que los llevaras al veterinario.

Eso fue lo que hice. Llevé a los gatitos a la clínica que me recomendó y ahí me enteré de su sexo y edad aproximada. Eran macho y hembra. Él de color negro, como los gatos de mal agüero, con unas manchitas blancas entre la nariz y los bigotes. Ella rayada, un poco rubia, de estatura bastante pequeña y de complexión delgada. Un poeta y una actriz, me dije. Decidí llamarlos Milton y Greta. Después, conforme pasaron los meses, cuando, ya recuperados, comenzaron a desplegar toda su personalidad, supe que esos nombres no podían quedarles mejor: el macho reveló un temperamento huraño pero también una generosidad increíble y la hembra actitudes de diva consciente de su belleza. Los primeros días que pasaron en mi casa, apenas tuve oportunidad de verlos. En cuanto llegamos y los saqué de la caja, corrieron a esconderse detrás del refrigerador, cuyo ruido, supongo, les recordaba el ronroneo de su madre. En vez de intentar un contacto forzado con ellos, me limité a dejarles dos platos, con leche y comida, para que se alimentaran cuando estuvieran solos y se sintieran a salvo.

Pasadas dos semanas, los gatos no sólo habían salido ya del escondite sino que se habían apropiado del departamento. Hacía varios meses que no compartía casa con nadie y la compañía de esos dos cachorritos me cayó de maravilla. Desde mi escritorio, situado en un rincón de la sala, los observaba saltar de mueble en mueble, subirse a la mesa de centro y a la del comedor, con una agilidad asombrosa, o descansar apaciblemente en el suelo, debajo de un rayo de sol. A Milton le gustaba acercárseme cuando estaba trabajando. Mientras tecleaba en la computadora los capítulos de mi tesis, se acurrucaba a mis pies y se quedaba dormido. Greta, en cambio, prefería las caricias largas y pausadas, sin que me ocupara de ninguna otra cosa más que de ella. Maullaba para exigirlas, cada vez que regresaba a casa después de alguna salida a la biblioteca o al cine.

Aunque tenía varios amigos a los que frecuentaba de cuando en cuando, en las fiestas y los actos públicos de mi facultad, llevé, durante ese año, una existencia más bien solitaria, obsesionada por la escritura de la tesis a la que dedicaba la mayor parte de mi tiempo. Tampoco tenía pareja. Los tres primeros años de la carrera había mantenido una relación estable con un chico de la facultad y, desde entonces, ninguno me había gustado lo suficiente como para acostarme con él más de una o dos veces, por soledad más que por otra cosa, casi siempre en estados etílicos y a altas horas de la madrugada. La presencia de los gatos palió considerablemente esa necesidad de afecto. Los tres éramos un equipo. Yo aportaba una energía pausada y maternal, Greta la agilidad y la coquetería y Milton la fortaleza masculina. Era tan agradable el equilibrio instaurado entre nosotros que lo pensé mucho antes de seleccionar un compañero de piso con quien compartir los gastos del departamento. Seguí haciendo entrevistas cada vez que aparecía un nuevo candidato pero no acepté a ninguno por miedo a que el intruso cambiara el ambiente que había dentro de la casa. Los gatos tampoco veían con buenos ojos la presencia de una cuarta persona. Conscientes de mis intenciones, vaya a saber cómo, se comportaban con hostilidad visible hacia ellos. Si se trataba de una chica, Greta le mostraba los colmillos y erizaba cada pelo de su cuerpo. Si, por el contrario, el candidato era varón, Milton no tenía ningún recato en marcar su territorio orinando los zapatos del estudiante interesado. Por fortuna, la beca de estudios de la que disfrutaba en aquel momento era suficiente para asumir los gastos.

El desarrollo animal es más veloz que el de los seres humanos. Durante el año que pasé con los gatos, seguí siendo prácticamente la misma. Ellos, en cambio, cambiaron considerablemente. De ser dos cachorros escuálidos y asustadizos, se convirtieron en adolescentes y, luego, en dos adultos jóvenes, en la plenitud de su belleza. Las hormonas empezaron a dominarlos de la misma manera en que lo hacían conmigo durante los periodos menstruales. Milton tenía el imperativo de orinar en las esquinas y las plantas del departamento, y Greta atravesó su primer celo con muy poca discreción: maullaba con tonos agudos y enloquecedores; levantaba la cola y se frotaba la vulva contra cualquier ángulo que encontrara en los muebles de la casa. Verla así me causaba estupor y pena. Tanto su deseo como su insatisfacción eran apabullantes. A diferencia de mis periodos, que duraban alrededor de cinco días, el de Greta parecía no terminarse jamás. Si yo no era indiferente a su estado, mucho menos lo era Milton. Giraba alrededor de ella y la perseguía constantemente, tratando de encaramarse en su lomo para calmar de una vez por todas tanta frustración. Sin embargo, ella respondía a sus embates con un rechazo brutal que nos hacía sufrir a todos. Las culturas que creen en la reencarnación consideran casi siempre un premio nacer entre las filas del sexo masculino y una condición desventajosa reencarnarse entre las del femenino. Ver a Greta, habitualmente tan digna, dominada de esa manera por las hormonas de la reproducción, me hizo pensar que aquella teoría, a primera vista misógina y primitiva, no era tan descabellada. Fue entonces cuando me decidí a llevar a mi gata al veterinario. Quería ver si era posible aliviarla y quizás administrarle algún anticonceptivo para que pudiera pasearse sin restricciones por los tejados del barrio. Sin embargo, lo que el médico me propuso como remedio a todos los males y peligros que corría mi mascota me pareció de una crueldad exagerada. Según él, lo más conveniente era extirparle los ovarios, sin más trámites, antes de que siguiera creciendo.

–¿Y dejarla para siempre estéril? –pregunté, horrorizada–. ¿Para eso estudió usted veterinaria?

El hombre guardó un silencio culposo mientras yo miraba a mi gata, indefensa, en la camilla. Me dije que ninguno de los dos éramos nadie para elegir por ella. Tenía derecho a ser madre, por lo menos una vez. Qué otra misión, me pregunté, puede haber en la vida de los animales sino reproducirse. Quitarle los ovarios era dejarla sin la oportunidad de cumplirla.

Salí del consultorio indignada, sin dar explicaciones. Cuando estaba por subir al taxi, el médico apareció en la puerta y me espetó:

–Enciérrala bien, por lo menos este mes. Es demasiado joven para embarazarse con éxito.

Regresé al departamento, con la incandescente Greta dentro de su jaula, dispuesta a que la naturaleza y nadie más que ella decidiera su destino y el de su descendencia.

Por esas fechas, se postuló un nuevo inquilino, un estudiante de antropología vasco, que venía por tres semanas a la ciudad para hacer su investigación de campo. Extrañamente –supongo que trastornados aún por la exaltación de Greta–, la tarde en que lo cité para conocer el departamento, ninguno de los gatos le demostró hostilidad. Me dije que tres semanas no implicaban un riesgo para nuestra convivencia y sí un dinero extra que me venía perfecto en vísperas de vacaciones. Así que el vasco se instaló al día siguiente en la habitación destinada a esos efectos. Ander, así se llamaba, era un chico de barba cerrada y ojos azules, más bien retraído, que rara vez se hacía notar y dedicaba la mayor parte de su tiempo a estudiar en la Biblioteca Central. En las pocas horas que pasaba en casa era cordial, incluso solidario y, de cuando en cuando, durante nuestras breves conversaciones, revelaba un sentido del humor extraño y, por esa razón, interesante. Recuerdo que una noche volvió a casa mientras yo seguía trabajando y me contó que había comprado una cantidad irrisoria de marihuana a un precio exagerado. En este país, como en tantos otros, existe la costumbre de abusar, siempre que es posible, de los extranjeros. Al escuchar su relato, sentí vergüenza y, para compensarlo, le ofrecí regalarle dos cigarrillos de hierba que tenía guardados desde hacía varios meses. Se puso feliz y, lleno de agradecimiento, me invitó a acompañarlo a fumar en el balcón de su cuarto. Bajo el efecto del cannabis, el sentido del humor de mi inquilino afloró sin complejos. Después de las tres primeras caladas, empezó a contarme chistes sobre sus coterráneos, que me hicieron partirme de risa. Hablamos, a continuación, de México y sus particularidades, del departamento, de los gatos, del insoslayable celo de Greta. Nos reímos, hasta agotar las anécdotas, de la pobre gata y su calentura. Quizás para hacerle honor, acabamos dando vueltas en el colchón reservado a mis inquilinos. La pasamos muy bien y, sin embargo, fue la única vez. En las tres semanas que duró su estancia, compartimos los gastos del departamento, la comida y mi reserva de hierba, pero nunca más la cama.

Lejos de sufrir por ella, asumí la ausencia de Ander con una paz y una serenidad desconcertante. El periodo de Greta había terminado pocos días atrás y con él los maullidos enloquecedores. Acabé mi tesis en la fecha estipulada y se la entregué a mi asesora para que realizara las últimas correcciones. También respondí a la convocatoria de varias universidades extranjeras con posgrados en historia, y empecé a planear mis vacaciones en alguna playa del Pacífico, en espera del examen profesional. Fue en esos días cuando empecé a notar cambios muy evidentes en el cuerpo de mi gata, cambios que quizás, de haber estado menos ocupada, habría detectado antes. Ya no saltaba con la misma ligereza, sus tetillas, antes diminutas, ganaron volumen y el torso se le ensanchó considerablemente. Asumí la noticia de su preñez con cierta alegría por ella, pero también con un poco de preocupación por la advertencia del veterinario. Sin embargo, el entusiasmo se impuso sobre lo demás. Probablemente, en pocos meses, tendría el departamento lleno de gatitos juguetones. Vacié el cajón de mi cómoda más cercano al suelo y preparé cuidadosamente un espacio mullido para recibirlos. Greta estaba conmigo más dócil y cariñosa que nunca y aceptaba con agradecimiento todas mis caricias y atenciones. Pero la felicidad no duró mucho. Quince días después de que se fuera Ander, mi menstruación no se presentó cuando debía y tampoco tiempo después, como esperaba ingenuamente. Me hice una prueba casera de embarazo, mientras rezaba sentada en el excusado para que saliera negativa. Sin embargo, el óvalo blanco se tiñó con dos líneas, confirmando mis temores. En el transcurso de unos cuantos minutos, el estado alegre y enternecido que había mantenido hasta entonces por el embarazo de Greta se convirtió en una pesadilla. No tenía la más remota idea de lo que era conveniente hacer, ni siquiera de mis deseos más genuinos.

Pasé una semana en estado de shock, preguntándome si debía pedir consejo o tomar una decisión por mí misma; si era prudente informar a Ander –con quien apenas había tenido contacto en las últimas semanas–, preguntándome, sobre todo, si quería y podía asumir la maternidad en ese momento. De hacerlo, lo más probable es que mi hijo careciera de un padre. La extranjería de Ander, que en un principio me había producido alivio y facilitado tanto el acercamiento como la distancia, ahora complicaba las cosas aún más. Lo conocía muy poco. Apenas me era posible decir qué clase de persona era. Pero ¿qué clase de persona era yo misma? Las respuestas que me venían a la mente no resultaban halagadoras. Siempre me ha costado decidir. Descartar varias alternativas en favor de otra es algo que me causa problemas hasta en las circunstancias más intrascendentes. En aquel momento, esa característica mía tan molesta cobró dimensiones desproporcionadas. Mientras observaba a Greta moviéndose con dificultad por el suelo de madera, paladeé todas las formas de la impotencia. Como el suyo, mi cuerpo cambiaba vertiginosamente. El sueño, pero sobre todo las náuseas, me incapacitaban para cualquier actividad, más allá de las elementales: bañarme, ir al supermercado, sentarme a comer, alimentar a los gatos. El resto del tiempo lo pasaba en cama, acompañada por Milton, que no cesaba de ronronearme en el oído. Fueron días muy confusos.

Cada vez que por fin mi conciencia parecía esclarecerse y asomaba cualquier atisbo de decisión, ese impulso era aplastado por una inmensa culpa.

Una mañana, antes de lo que había imaginado, apareció un sobre con el membrete de Princeton, por debajo de la puerta. Al abrir la carta, supe que no sólo me habían seleccionado, sino que era candidata a una muy buena beca. En vez de ponerme feliz, la noticia aumentó la presión que tenía sobre los hombros. Me vestí de prisa y llevé la carta al cubículo de mi asesora para explicarle. Marisa se asombró de mi aspecto.

–Mira nada más esas ojeras –me dijo riéndose–. Te llegó una carta de Princeton, no una sentencia de muerte.

Le conté lo que me sucedía. Escuchó mi explicación y mis sollozos sin decir nada y, una vez que terminé de hablar, me recomendó tomar el tiempo que hiciera falta antes de decidir qué hacer.

–Sigue con los trámites, cumple los requisitos y, cuando se acerque la fecha, quizás tengas las cosas más claras. No es nada fácil tomar una decisión así –añadió respetuosamente, aunque yo sabía muy bien lo que en el fondo esperaba de mí. Antes de que abandonara su escritorio, me extendió un papel con los datos de su ginecólogo–. Si te decides, llámalo al celular y dile que vas de mi parte.

Todo se aceleró desde ese momento. Si las dos semanas anteriores Greta y yo habíamos compartido un ritmo aletargado, de la cama al sillón y viceversa, a partir de entonces empezamos a desplazarnos en direcciones y a velocidades distintas. Mientras ella caminaba con cautela y se escondía cada vez que sonaba el teléfono o el timbre, disfrutando de su embarazo y de la embriaguez que producen los estrógenos, yo luchaba contra mis propios síntomas, e invertía mis esfuerzos en recolectar firmas y visitar profesores que pudieran apoyarme. Le preparaba a Greta platos de comida suculenta y, al salir de la cocina, buscaba en Internet artículos y toda clase de información sobre el aborto que, en aquel entonces, aún estaba prohibido por las leyes de esta ciudad. Leí testimonios, investigué sobre las diferentes formas de realizarlo, desde las pastillas del día siguiente, que ya no tendrían efecto, hasta los tés caseros, la aspiración y el legrado.

Una tarde, reuní valor y llamé al ginecólogo de mi asesora. Le expliqué la situación y le pedí una cita. El médico se portó muy amable y me recibió ese mismo día, haciéndome un espacio entre dos pacientes. Recuerdo que su consultorio estaba en la planta decimocuarta de una torre altísima en la que no había piso trece. Todo era blanco y excesivamente aséptico. La melodía relajante del hilo musical sólo consiguió empeorar mis nervios. Me costó trabajo esperar mi turno y no salir huyendo hacia la calle, pero lo hice. Una vez adentro, dejé que la enfermera me hiciese el examen de rutina: peso, medidas, presión arterial. Después, apareció el médico con quien había hablado por teléfono. Un hombre que rondaba los cincuenta y me recordó, vaya a saber por qué –quizás por la bata blanca o porque también me lo había recomendado mi asesora– al veterinario de Greta. Con una sonrisa en los labios y esa dulzura paternalista que suelen tener las personas de su profesión, me explicó el procedimiento. Y al final agregó:

–Debes venir en ayunas y acompañada por alguien que pueda regresarte a tu casa. No suelo poner anestesia general pero saldrás bastante débil y adormilada.

Mientras lo oía hablar, pensé en Greta, que a esas horas debía estar tumbada en el sillón de la sala, disfrutando del sol de la tarde. Asentí varias veces en silencio, incluido el momento en que el ginecólogo sacó su agenda y me propuso una fecha para la intervención. Pagué la consulta y salí a enfrentar la tarde más desolada que había vivido nunca, una tarde de bochorno en la que, estuviese donde estuviese, resultaba difícil respirar. Al llegar a casa, me encontré con Greta en el quicio de la puerta, esperando su acostumbrada sesión de mimos. Esta vez dejó que le acariciara la panza, ya considerablemente hinchada. Al hacerlo, me pregunté si yo también tenía alguna misión en la vida. No llegué a ninguna respuesta.

Esa noche llamé a mi asesora para contarle la visita a su médico y que, a pesar de su amabilidad y buena disposición, había decidido prescindir de sus servicios. No iría a Princeton. Tampoco pensaba seguir con los trámites para la beca ni ocuparme de ninguna otra cosa que no fuera mi embarazo. Después, en septiembre quizás, comenzaría un doctorado, pero aquí, en la misma universidad en la que estaba inscrita. Sin embargo, esa noche el teléfono de Marisa sonó una y otra vez sin que nadie respondiera. No tuve más opción que dejarle un mensaje escueto en el contestador, pidiendo que me devolviera la llamada.

El viernes, Greta amaneció un poco descompuesta. Tenía los ojos tristes y las orejas abajo. Se acurrucó en el cajón que le había preparado a sus gatitos y no se movió de ahí salvo para hacer uso de su arena. Hice cálculos: faltaban alrededor de tres semanas para la fecha del parto, así que no podía ser esa la razón de su decaimiento. En la tarde, al ver que no mejoraba, me decidí a llevarla al veterinario. No lo había hecho antes por rechazo a aquel hombre a quien no lograba ver ahora más que como un esterilizador de animales. Pasaban de las seis. El veterinario cerraría la consulta en cuarenta minutos, de modo que llamé a un taxi y metí a Greta en su jaula a toda velocidad. En el fondo, era una empresa descabellada. El local estaba a unos cuantos kilómetros de casa. Cualquiera que conozca el tráfico de los viernes por la tarde en esta ciudad desquiciada habría desistido. Sin embargo, yo necesitaba estar segura de que Greta estaba bien. Sujeté su jaula, en donde no dejaba de maullar, protestando porque la sacara de casa, y bajé la escalera de prisa, sin contemplar ningún riesgo, ni siquiera el de los escalones que esa tarde se pusieron en mi contra: en el descenso tropecé con uno de ellos y reboté varias veces sobre mis caderas. Mientras caía, sujeté con ambos brazos la jaula de Greta y conseguí evitar que se estrellara contra el suelo. El accidente no tuvo ninguna consecuencia además del susto. No me dolía nada. Contra todas mis expectativas, llegamos al veterinario justo antes de que cerrara el consultorio. Después de hacerle un tacto y escuchar su corazón, el médico nos felicitó a ambas. Tanto la madre como los cachorros estaban estupendamente. Lo único que tenía Greta era un supremo, pero natural cansancio.

Fue en el taxi de regreso cuando empecé a sentir dolor en la cintura y en los muslos. Después me enteré de que la adrenalina funciona en esos casos como analgésico y que no es hasta que pasa el susto cuando uno siente las secuelas de un buen golpe. Esa noche, al desnudarme en mi habitación, descubrí que había empezado a sangrar. No quise esperar al día siguiente para llamar al médico. Aproveché que tenía su celular y me comuniqué con él para preguntarle cómo podía salvar al bebé. El ginecólogo de Marisa se mostró desconcertado al principio, pero pronto recuperó su actitud paternalista y me dijo, con la mayor cautela del mundo, que era muy difícil hacer algo. Me recomendó que tuviera paciencia y que fuera a verlo en la mañana para hacer una revisión minuciosa. Hay quienes dicen que los accidentes no existen. Yo no comparto del todo esa opinión. Sin embargo, no puedo decir si fue un accidente o un acto fallido lo que provocó mi caída de esa tarde. Lo que puedo afirmar es que de ninguna manera fue premeditada. Un equipo de científicos de la Universidad de Princeton, con quien tuve relación meses más tarde, asegura incluso que si se registraran en una computadora nuestros datos genéticos, nuestra educación, los momentos más destacados de nuestra biografía, y nos pusieran a elegir entre cien disyuntivas diferentes, la máquina adivinaría las respuestas antes de que las pensáramos. En realidad –al menos eso dicen ellos–, no decidimos. Todas nuestras elecciones están condicionadas de antemano. Sin embargo, en aquella ocasión, yo no tuve oportunidad de hacerlo, y no sé si me gustaría saber lo que la computadora en cuestión habría dicho al respecto.

Al día siguiente acudí al consultorio a primera hora, dejando de lado una cantidad considerable de compromisos. El ginecólogo me revisó, como había dicho, y confirmó el diagnóstico que me había dado por la noche. No había nada que hacer.

–Tienes suerte de que haya sido tan pronto –me dijo con un optimismo que yo no comprendía–: no tendremos que rasparte el útero para eliminar los residuos.

Salí de ahí desconsolada, como si nunca hubiera tenido dudas respecto de aquel embarazo. Lejos de mejorarse, mi ánimo no dejó de empeorar desde aquel momento. La realidad me parecía un agujero negro en el que no cabía ninguna posibilidad entusiasmante de futuro. Mi asesora de tesis, quien mantuvo conmigo una actitud de lo más solidaria, me aseguró en más de una ocasión que mi tristeza insondable se debía a un cambio brutal en mi producción de hormonas. Era posible, pero saberlo no cambiaba nada. Finalmente, me gustara o no, yo también era un animal y tanto mi cuerpo como mi mente reaccionaban a la pérdida de mi descendencia de la misma manera en que lo habría hecho Greta si hubiese perdido a sus gatitos. Es verdad que ya no sufría el estrés de antes, cuando el rumbo de las cosas aún estaba en mis manos, pero la acumulación de las tensiones previas, aunadas a la tristeza que sentía, me sumergieron en un estado depresivo en el que ni siquiera me resultaba posible llevar la rutina básica de antes. Dejé de bañarme, de comer y, por supuesto, de pensar en mis estudios.

A partir de ese momento, Greta adquirió la costumbre de ponerse en mi regazo a todas horas. Como si instintivamente intentara cubrir con su cuerpo la ausencia del bebé que antes llevaba en el vientre. Esa actitud me provocaba un fuerte rechazo. Su ronroneo me aturdía, y terminaba por echarla al suelo. Pero mi gata, lejos de amedrentarse, al cabo de unos minutos volvía a recostarse arriba de mí. Fue Marisa quien se ocupó en esos días de la correspondencia con Princeton. De no haber sido por ella, ni me hubiesen aceptado ni me hubieran dado nunca la beca. Más que como una directora de tesis o una amiga, se portó conmigo como una madre.

Poco tiempo después, Greta dio a luz seis gatitos en perfecto estado de salud. No tuve oportunidad de ver el parto, ni siquiera lo escuché. Ocurrió una madrugada, mientras dormía, ayudada por uno de los somníferos que me había dado mi asesora. Al despertar, sentí una suerte de ajetreo bajo las sábanas y vi que habían nacido, no en el cajón que con tanto cuidado les había preparado, sino sobre mi propia cama, en el ángulo de mis piernas. El hecho no dejó de impresionarme. ¿Qué tipo de realidad conciben los animales o, por lo menos, qué tipo de realidad concebía mi gata con respecto a mí? Es evidente que todos esos gestos suyos no eran casuales pero cómo los elegía, si es que los gatos, a diferencia de nosotros, toman ciertas decisiones. Los recién nacidos hacían un ruido agudo, como chillidos de pájaro; se agitaban constantemente, aferrados a los pechos de su madre, que yacía desparramada frente a ellos, permitiendo que los seis se alimentaran de sus pezones. Mucho más que esas criaturas casi sin forma, lo que me despertó una inmensa ternura fue Greta. Su entrega a la succión de sus cachorros era total y, al mismo tiempo, no podía verse más pletórica. Pasé un rato en silencio junto a ella, observándola en su papel de madre orgullosa, como si, en vez de a un instinto, su actitud y sus atenciones respondiesen a un esfuerzo cuyos resultados eran ahora visibles. Me levanté con sigilo de la cama y, mientras preparaba el desayuno, me di cuenta de que por primera vez en dos semanas no deseaba suprimirme. Después llamé a Marisa para darle la buena nueva. Cuando volví a mi cuarto, ni Greta ni sus gatitos estaban sobre la cama. La imaginé cargándolos uno a uno, cogidos por la nuca, hasta el cajón de la cómoda, donde también se había metido Milton, a quien, supongo, había que atribuir la paternidad de la camada. Todo parecía en su sitio. En esos días, lo único que me causaba verdadero placer era ver a Greta con sus hijos. Cuando no amamantaba, se ocupaba de asearlos con su boca, lamiéndolos mañana y tarde, uno por uno, con una aplicación admirable. Si los abandonaba un momento en el cajón, era para comer o para sentarse en su arena. El resto del tiempo vivía en una entrega absoluta y feliz.

Poco a poco, recuperé el entusiasmo por mis estudios y por el viaje en ciernes. Ese año no me fui de vacaciones a ninguna playa. En lugar de eso, me dediqué a preparar mi examen profesional y a meter todas mis cosas en cajas. Al principio con mucha discreción, para no perturbar a la reciente familia. Después, conforme se acercaba la fecha de mi partida, con mayor descaro. Consciente de lo que Milton y Greta representaban para mí, Marisa me ofreció quedarse con ellos. Y, cuando la progenie de Greta creciera, se encargaría de encontrarles un dueño. Tenía una casa grande con jardín, y me aseguró que de ninguna manera le estorbarían.

–Al contrario, van a llenar el vacío que dejes cuando te vayas.

Estaba convencida de que los gatos no podían quedar en mejores manos. Aun así, le aseguré que sería por un tiempo breve pues pensaba venir a buscarlos en cuanto estuviera instalada en Princeton.

Llegó la fecha del examen profesional y lo presenté sin nerviosismo. Mis notas fueron tan altas como esperábamos. Avisé a mi arrendadora que dejaba el departamento. Cuando ya tenía todos mis libros en cajas, comencé a preparar mis maletas y a guardar o regalar la ropa que no me llevaría. La gente entraba y salía para comprar o llevarse cosas. Armaban bolsas con libros o con parte de la vajilla. La mudanza se fue apoderando del departamento con un ritmo cada vez más frenético, como un fenómeno ajeno a mi voluntad. Los hijos de Greta corrían por todas partes, trepándose a las cajas, a las montañas de libros y a los muebles de la sala. Lo único que seguía en su sitio era el cajón de la cómoda, mullido y acogedor como el último bastión de una época que estaba por terminarse, y en el que con frecuencia tenía ganas de esconderme. Ahí dentro, donde los ocho dormían cada vez más apretados, nadie parecía inmutarse por el cambio. Pero era sólo una apariencia. Había acordado con Marisa que vendría a recoger a los gatos dos días antes de mi partida y un día antes de que el camión de mudanza se llevara los muebles. No recuerdo exactamente si lo hablamos en su cubículo o en alguna llamada telefónica. Pero una cosa es segura, los gatos lo comprendieron. La tarde anterior, cuando volví a casa después de una jornada extenuante de burocracia universitaria, noté que ya no estaban. Los busqué por todo el departamento y también busqué la manera en que habían salido de este. Lo único que logré constatar fue que la puerta del balcón estaba abierta. No puedo describir la desolación que sentí. Ni siquiera habíamos tenido oportunidad de despedirnos. «Los gatos sí que deciden», recuerdo que pensé. Me sentí una estúpida por no haberme dado cuenta.

Hongos

Cuando yo era niña, mi madre tuvo un hongo en una uña del pie. En el pulgar izquierdo, más precisamente. Desde que lo descubrió, intentó cualquier cantidad de remedios para deshacerse de él. Cada mañana, al salir de la ducha vertía sobre su dedo, con ayuda de una brocha diminuta, una capa de yodo cuyo olor y tono sepia, casi rojizo, recuerdo muy bien. Visitó sin éxito a varios dermatólogos, incluidos los más prestigiosos y caros de la ciudad, que repetían sus diagnósticos y aconsejaban los mismos e inútiles tratamientos: desde las ortodoxas pomadas con clotrimazol hasta el vinagre de manzana. El más radical de ellos llegó a recetarle una dosis moderada de cortisona que tuvo como único efecto inflamar el dedo amarillento de mi madre. A pesar de sus esfuerzos por exterminarlo, el hongo permaneció ahí durante años, hasta que una medicina china, a la que nadie –ni ella– daba crédito, consiguió ahuyentarlo en pocos días. Algo tan inesperado que no pude dejar de preguntarme si no fue el parásito quien decidió marcharse a otro lugar.

Hasta ese momento, los hongos habían sido siempre –al menos para mí– objetos curiosos que aparecían en los dibujos para niños y que relacionaba con los bosques y los duendes. En todo caso, nada parecido a esa rugosidad que daba a la uña de mi madre la textura de una ostra. Sin embargo, más que el aspecto incierto y movedizo, más que su tenacidad y su aferramiento al dedo invadido, lo que recuerdo particularmente en todo ese asunto fue el asco y el rechazo que el parásito provocaba en ella. A lo largo de los años, he visto otras personas con micosis en diferentes partes del cuerpo. Micosis de todo tipo, desde las que producen una peladura áspera y seca en la planta de los pies, hasta los hongos rojos y circulares que suelen aparecer en las manos de los cocineros. La mayoría de la gente los lleva con resignación, otros con estoicismo, algunos con verdadera negligencia. Mi madre, en cambio, vivía la presencia de su hongo como si se tratara de una calamidad vergonzosa. Aterrada por la idea de que pudiera extenderse al resto del pie o, peor aún, a todo su cuerpo, separaba la uña afectada con un pedazo grueso de algodón para impedir que rozara el dedo contiguo. Nunca usaba sandalias y evitaba descalzarse frente a nadie que no fuera de mucha confianza. Si, por alguna razón, debía utilizar una ducha pública, lo hacía pisando siempre unas chancletas de plástico y, para bañarse en la piscina, se quitaba los zapatos en el borde, justo antes de zambullirse, para que los demás no miraran sus pies. Y era mejor así, pues cualquiera que hubiese descubierto ese dedo, sometido a tantos tratamientos, habría creído que, en vez de un simple hongo, lo que mi madre tenía era un comienzo de lepra.

Los niños, a diferencia de los adultos, se adaptan a todo y, poco a poco, a pesar del asco que ella le tenía, yo empecé a considerar ese hongo como una presencia cotidiana en mi vida de familia. No me inspiraba la misma aversión que le tenía mi madre, más bien todo lo contrario. Esa uña pintada de yodo que yo veía vulnerable me causaba una simpatía protectora parecida a la que habría sentido por una mascota tullida con problemas para desplazarse. El tiempo siguió pasando y mi madre dejó de formar tanta alharaca alrededor de su dolencia. Yo, por mi parte, al crecer lo olvidé por completo y no volví a pensar en los hongos hasta que conocí a Philippe Laval.

Para ese entonces, tenía treinta y cinco recién cumplidos. Estaba casada con un hombre paciente y generoso, diez años mayor que yo, director de la Escuela Nacional de Música en la que había realizado la primera parte de mis estudios como violinista. No tenía hijos. Lo había intentado durante un tiempo, sin éxito, pero, lejos de atormentarme por ello, me sentía afortunada de poder concentrarme en mi carrera. Había terminado una formación en Julliard y construido un pequeño prestigio internacional, suficiente para que dos o tres veces al año me invitaran a Europa o Estados Unidos a dar algún concierto. Acababa de grabar un disco en Dinamarca y estaba por viajar de nuevo a Copenhague para impartir un curso de seis semanas, en un palacio al que acudían cada verano los mejores estudiantes del mundo.

Recuerdo que un viernes por la tarde, poco antes de mi partida, recibí una lista con las fichas biográficas de los profesores que coincidiríamos aquel año en la residencia. Entre ellas la de Laval. No era la primera vez que leía su nombre. Se trataba de un violinista y director con mucho prestigio y, en más de una ocasión, había escuchado, en boca de mis amigos, comentarios muy elogiosos sobre su desempeño en escena y la naturalidad con la que dirigía la orquesta desde el violín. Por la ficha, me enteré de que era francés y que vivía en Bruselas, aunque con frecuencia viajaba a Vancouver, donde enseñaba en la Escuela de Artes. Ese fin de semana, Mauricio, mi marido, había salido de la ciudad para asistir a un congreso. No tenía planes para la noche y me puse a buscar en Internet qué conciertos de Laval se vendían en línea. Después de fisgonear un poco, terminé comprando el de Beethoven, grabado en vivo años atrás en el Carnegie Hall. Recuerdo la sensación de estupor que me produjo escucharlo. Hacía calor. Tenías las puertas del balcón abiertas para que entrara por la ventana el aire fresco y, aun así, la emoción me impidió respirar normalmente. Todo violinista conoce este concierto, muchos de memoria, pero la forma de interpretarlo fue un descubrimiento absoluto. Como si por fin pudiera comprenderlo en toda su profundidad. Sentí una mezcla de reverencia, de envidia y de agradecimiento. Lo escuché por lo menos tres veces y en todas se reprodujo el mismo escalofrío. Busqué después piezas interpretadas por otros músicos invitados a Copenhague y, aunque el nivel era sin duda muy alto, ninguno logró sorprenderme tanto como lo hizo Laval. Después cerré el archivo y, aunque pensé en él en varias ocasiones, no volví a escuchar el concierto durante las dos semanas siguientes.

No era la primera vez que me separaba por un par de meses de Mauricio pero la costumbre no eliminaba la tristeza de dejarlo. Como siempre que hacía un viaje largo, le insistí en que viniera conmigo. La residencia lo permitía y, aunque él se empeñaba en negarlo, estoy convencida de que su trabajo también. Al menos habría podido pasar dos de las seis semanas que duraba el curso o visitarme una vez al principio y otra al final de mi estancia. De haber aceptado, las cosas entre nosotros habrían tomado un rumbo distinto. Sin embargo, él no le veía sentido. Decía que el tiempo iba a pasar rápido para ambos y que lo más conveniente era que me concentrara en mi trabajo. Se trataba, en su opinión, de una gran oportunidad para sondear dentro de mí misma y compartir con otros músicos. No debía desaprovecharla y tampoco interrumpirla. Y lo fue, sólo que no del modo en que lo esperábamos.

El castillo en el que tuvo lugar la escuela de verano se encontraba en el barrio de Christiania, a las afueras de la ciudad. Estábamos a finales de julio y por la noche la temperatura exterior era muy agradable. No tardé casi nada en hacerme amiga de Laval. Al principio sus horarios eran más o menos similares a los míos: él era indiscutiblemente noctámbulo y yo todavía estaba acostumbrada al ritmo americano. Después de las clases, trabajábamos a la misma hora en cuartos insonorizados para no despertar a los demás y coincidíamos de cuando en cuando en la cocina o frente a la mesita del té. Éramos los primeros –y los únicos– en llegar al desayuno tan temprano, cuando el comedor comenzaba su servicio. De ser amable y en exceso cortés, la conversación se fue volviendo cada vez más personal. Muy rápido se dio entre nosotros un trato íntimo y una sensación de cercanía, distinta de la que me inspiraban los otros profesores.

Una escuela de verano es un lugar fuera de la realidad que nos deja dedicarnos a aquello que usualmente no nos permitimos. En las horas libres, uno puede otorgarse toda clase de licencias: visitar a fondo la ciudad a la que ha sido invitado, asistir a cenas o a espectáculos, socializar con sus habitantes o con otros residentes, entregarse a la pereza, a la bulimia o a algún comportamiento adictivo. Laval y yo caímos en la tentación del enamoramiento. Al parecer, todo un clásico en ese tipo de sitios. Durante las seis semanas que duró la residencia, paseamos juntos en autobús y en bicicleta por los parques de Copenhague, visitamos bares y museos, asistimos a la ópera y a varios conciertos, pero, sobre todo, nos dedicamos a conocernos, hasta donde fuera posible, en ese lapso reducido de tiempo. Cuando una relación se sabe condenada a una fecha precisa es más fácil dejar caer las barreras con las que uno suele protegerse. Somos más benignos, más indulgentes, con alguien que pronto dejará de estar ahí que frente a quienes se perfilan como parejas a largo plazo. Ningún defecto, ninguna tara resulta desalentadora, ya que no habremos de soportarla en el futuro. Cuando una relación tiene una fecha de caducidad tan clara como la nuestra, ni siquiera perdemos el tiempo en juzgar al otro. Lo único en lo que uno se concentra es en disfrutar sus cualidades a fondo, con premura, vorazmente, pues el tiempo corre en nuestra contra. Eso fue al menos lo que nos sucedió a Philippe y a mí durante aquella residencia. Sus incontables manías a la hora de trabajar, de dormir o de ordenar su habitación me parecían divertidas. Su miedo a la enfermedad y a todo tipo de contagio, su insomnio crónico, me enternecían y me llevaban a querer protegerlo. Lo mismo le pasaba a él con mis obsesiones, mis miedos, mi propio insomnio y mi frustración constante en lo que a la música se refería. Hay que decir, sin embargo, que esa fue una época de mucha creatividad. Si en el disco que había grabado meses antes en Copenhague yo misma notaba cierta rigidez, cierta precisión de relojería, ahora mi música tenía más soltura y mayor presencia. No la vigilancia estricta de quien teme equivocarse, sino la entrega y la espontaneidad de quien disfruta a fondo lo que está haciendo. Hay, por suerte, algunas evidencias de ese momento privilegiado en mi carrera. Además de las grabaciones a las que obliga la institución que nos había contratado, hice tres programas de radio que conservo entre los testimonios de mis mayores logros personales. Laval dirigió dos conciertos en el Teatro Real de Copenhague y ambos fueron sobrecogedores. El público lo ovacionó de pie durante varios minutos y, al final del evento, los músicos aseguraron que compartir la escena con él había sido un privilegio. Yo, que desde entonces he seguido de cerca todo su desarrollo, puedo decir que el mes y medio pasado en esa ciudad constituye uno de los mejores momentos –si no el mejor– de toda su carrera. Es verdad que desde entonces se ha estabilizado, pero basta escuchar las grabaciones realizadas en esas semanas para darse cuenta: hay en ellas una transparencia muy particular en cuanto a la emoción se refiere.

Como yo, Laval estaba casado. En un chalet situado en las afueras de Bruselas, lo esperaban su mujer y sus hijas, tres niñas rubias y de cara redonda, cuyas fotos atesoraba en su teléfono. De nuestras respectivas parejas preferíamos no hablar demasiado. A pesar de lo que pueda pensarse, en ese estado de alegría excepcional no había espacio para la culpa ni para el miedo de lo que sobrevendría después, cuando cada quien regresara a su mundo. No había otro tiempo salvo el presente. Era como vivir en una dimensión paralela. Quien no haya pasado por algo semejante pensará que pergeño estas malogradas metáforas para justificarme. Quien sí, sabrá exactamente de lo que estoy hablando.

A finales de septiembre, la residencia terminó y volvimos a nuestros países. Al principio nos vino bien llegar a casa y recuperar la vida cotidiana, pero, al menos en lo que a mí respecta, no volví al mismo lugar del que me había ido. Para empezar, Mauricio no estaba en la ciudad. Un viaje de trabajo lo había llevado a Laredo. Esa ausencia no pudo haberme venido mejor. Me dio el tiempo perfecto para reencontrarme con el departamento y con mi vida cotidiana. Es verdad, por ejemplo, que en mi estudio las cosas estaban intactas: los libros y los discos en su lugar, mi atril y mis partituras cubiertas por una capa de polvo apenas más gruesa que antes de dejarlos. Sin embargo, la forma de estar en mi casa y en todos los espacios, incluido mi propio cuerpo, se había transformado y, aunque entonces no fuera consciente de ello, resultaba imposible dar vuelta atrás. Los primeros días, seguía llevando conmigo el olor y los sabores de Philippe. Con una frecuencia mayor de la que hubiera deseado, se me venían encima como oleadas abrumadoras. A pesar de mis esfuerzos por mantener la templanza, nada de esto me dejaba indiferente. Al acuse de las sensaciones descritas, seguía el sentimiento de pérdida, de añoranza y después la culpa por reaccionar así. Quería que mi vida siguiera siendo la misma, no porque fuera mi única alternativa, sino porque me gustaba. La elegía cada mañana al despertarme en mi habitación, en esa cama que durante más de diez años había compartido con mi esposo. Elegía eso y no los tsunamis sensoriales ni los recuerdos que, de haber podido, habría erradicado para siempre. Pero mi voluntad era un antídoto insuficiente contra la influencia de Philippe.

Mauricio volvió un sábado a mediodía, antes de que lograra poner orden en mis sentimientos. Lo recibí aliviada, como quien encuentra en medio de una tormenta el bote que lo salvará del naufragio. Pasamos juntos el fin de semana. Fuimos al cine y al supermercado. El domingo desayunamos en uno de nuestros restaurantes favoritos. Nos contamos los detalles de los viajes y los inconvenientes de nuestros respectivos vuelos. Durante esos días de reencuentro, me pregunté en varias ocasiones si debía explicarle lo sucedido con Laval. Me molestaba esconderle cosas, sobre todo tan serias como esa. Nunca lo había hecho. Me di cuenta de que necesitaba su absolución y, de ser posible, su consuelo. Sin embargo, preferí no decir nada por el momento. Mayor que mi necesidad de ser honesta, era el miedo a lastimarlo, a que algo se rompiera entre nosotros. El lunes, ambos retomamos el trabajo. Los recuerdos seguían asaltándome pero logré controlarlos con cierta destreza hasta que, dos semanas después, Laval volvió a aparecer.

Una tarde, recibí una llamada de larga distancia cuya clave no identifiqué en la pantalla. Antes de responder se aceleró mi ritmo cardiaco. Levanté el auricular y, después de un corto silencio, reconocí el Amati de Laval del otro lado del hilo. Escucharlo tocar a miles de kilómetros, estando en mi propia casa, consiguió que lo que empezaba a sanar con tanto esfuerzo, sufriera un nuevo desagarre. Esa llamada, en apariencia inofensiva, consiguió introducir a Philippe en un espacio al que no pertenecía. ¿Qué buscaba llamando de esa manera? Probablemente restablecer el contacto, mostrar que seguía pensando en mí y que el sentimiento no se había apagado. Nada en términos concretos y, al mismo tiempo, mucho más de lo que mi estabilidad emocional podía soportar. Hubo una segunda llamada, esta vez con su propia voz, hecha, según dijo, desde una cabina a dos cuadras de su casa. Me explicó lo que su música me había dicho antes:

seguía pensando en nosotros y le estaba costando mucho desprenderse. Habló y habló durante varios minutos, hasta agotar el crédito que había puesto en el teléfono. Apenas tuve tiempo de aclararle dos puntos importantes. Primero: todo lo que él sentía era mutuo y, segundo, no quería que volviese a llamar a mi casa. Laval sustituyó las llamadas por correos electrónicos y mensajes al celular. Escribía por las mañanas y por las noches, contándome todo tipo de cosas, desde su estado de ánimo hasta el menú de sus comidas y cenas. Me hacía la reseña de sus salidas y de sus eventos de trabajo, las ocurrencias y las enfermedades de sus hijas y, sobre todo –esa era la parte más difícil–, la descripción detallada de su deseo. Así fue como la dimensión paralela, que creía cancelada para siempre, no sólo se abrió de nuevo sino que empezó a volverse cotidiana, robándole espacio a la realidad tangible de mi vida, en la que cada vez yo estaba menos presente. Poco a poco aprendí sus rutinas, las horas a las que llevaba a las niñas al colegio, los días en los que estaba en casa y aquellos en los que salía del pueblo. El intercambio de mensajes me daba acceso a su mundo y, a base de preguntas, Laval consiguió abrirse un espacio similar en mi propia existencia. Siempre he sido una persona con tendencias fantasiosas pero esa característica aumentó vertiginosamente por culpa suya. Si hasta entonces había vivido el setenta por ciento del tiempo en la realidad y el treinta en la imaginación, el porcentaje se invirtió por completo, al punto en que todas las personas que entraban en contacto conmigo empezaron a preocuparse, incluido Mauricio, quien, sospecho, ya albergaba alguna idea de lo que estaba pasando.

Me fui volviendo adicta a la correspondencia con Laval, a esa conversación interminable, y a considerarla como la parte más intensa e imprescindible de mi vida diaria. Cuando, por alguna razón, tardaba más de lo habitual en escribir o le era imposible responder pronto a mis mensajes, mi cuerpo daba señales claras de ansiedad: mandíbulas apretadas, sudor en las manos, movimiento involuntario de una pierna. Si antes, sobre todo en Copenhague, casi no hablábamos de nuestras respectivas parejas, en el diálogo a distancia, aquella restricción dejó de ser vigente. Nuestros matrimonios se convirtieron en objeto de voyerismo cotidiano. Primero, nos contábamos sólo las sospechas y las preocupaciones de nuestros cónyuges, luego las discusiones y los juicios que hacíamos sobre ellos pero también los gestos de ternura que tenían hacia nosotros, para justificar ante el otro, y ante nosotros mismos, la decisión de seguir casados. A diferencia de mí, que vivía en un matrimonio apacible y taciturno, Laval era infeliz con su mujer. Al menos eso me contaba. Su relación, que había durado ya más de dieciocho años, constituía la mayor parte del tiempo un verdadero infierno. Catherine, su esposa, no hacía sino exigirle atención y cuidados intensivos y descargaba sobre él su incontenible violencia. Era tristísimo pensar en Laval viviendo en semejantes condiciones. Era tristísimo imaginarlo un domingo, por ejemplo, encerrado en su casa, sometido a los gritos y a las recriminaciones, mientras en las ventanas caía la lluvia interminable de Bruselas. Pero Laval no pensaba dejar a su familia. Estaba resignado a vivir así hasta el final de sus días y debo decir que esa resignación, aunque incomprensible, me acomodaba. Tampoco yo tenía deseos de abandonar a Mauricio.

Tras más de dos meses de mensajes y eventuales llamadas al celular, se estableció por fin una rutina en la que me sentía más o menos cómoda. Aunque mi atención, o lo que quedaba de ella, estaba puesta en la presencia virtual de Laval, mi vida cotidiana empezó a resultarme llevadera, incluso disfrutable, hasta que se planteó la posibilidad de volver a vernos. Como he dicho, Laval viajaba cada trimestre a la ciudad de Vancouver y en su siguiente visita, después de Copenhague, se le ocurrió que lo alcanzara ahí. No le costó nada conseguir una invitación oficial de la escuela para que yo impartiera un taller, muy bien remunerado, en las mismas fechas en que él debía viajar aquel invierno. La idea, si bien peligrosa, no podía ser más tentadora y me fue imposible rechazarla, aun sabiendo que amenazaba el precario equilibrio que había alcanzado en ese momento.

Nos vimos, pues, en Canadá. Fue un viaje hermoso de tres días, rodeados otra vez de lagos y de bosques. Entre nosotros volvió a establecerse lo mismo que habíamos sentido durante la residencia pero de manera más urgente, más concentrada. Evitamos dentro de lo posible todos los compromisos sociales. El tiempo que no empleábamos trabajando, lo pasábamos solos en su habitación, reconociendo, de todas las maneras imaginables, el cuerpo del otro, sus reacciones y sus humores, como quien vuelve a un territorio conocido del que no quisiera salir jamás. También hablamos mucho de lo que nos estaba pasando, de la alegría y la novedad que ese encuentro había añadido a nuestras vidas. Concluimos que la felicidad podía encontrarse fuera de lo convencional, en el estrecho espacio al que nos condenaban tanto nuestra situación familiar como la distancia geográfica.

Después de Vancouver, nos vimos en los Hampton. Meses después, en el Festival de Música de Cámara de Berlín y luego en el de Música Antigua de Ambromay. Todos esos encuentros estuvieron orquestados por Philippe. Aun así, el tiempo pasado juntos nunca nos parecía suficiente. Cada regreso, al menos para mí, era más difícil que el anterior. Mi distracción era peor y mucho más evidente que al volver de Dinamarca: olvidaba las cosas con frecuencia, perdía las llaves dentro del departamento y, lo más terrible de todo, empezó a resultarme imposible convivir con mi marido. La realidad, que ya no me interesaba sostener, comenzó a derrumbarse como un edificio abandonado. Quizás no me hubiera dado cuenta nunca de no ser por una llamada de mi suegra que me sacó de mi letargo. Había hablado con Mauricio y estaba muy preocupada.

–Si estás enamorada de otro, se te está saliendo de las manos –me dijo con la actitud claridosa que siempre la ha caracterizado–. Deberías hacer todo por controlarlo.

Su comentario cayó en oídos ausentes pero no sordos.

Una tarde, Mauricio llegó temprano del trabajo, mientras sonaba en casa un concierto de Chopin para piano y violín, interpretado por Laval diez años antes. Un disco que nunca habría puesto en su presencia. No sé si fue mi expresión de sorpresa al verlo llegar o si tenía la intención previa de hacerlo, pero aquel día me interrogó sobre mis sentimientos. Habría deseado dar una respuesta sincera a sus preguntas. Habría deseado explicar mis contradicciones y mis miedos. Habría deseado, sobre todo, contarle lo que estaba sufriendo. Sin embargo, lo único que pude hacer fue mentirle. ¿Por qué lo hice? Quizás porque me lastimaba traicionar a alguien a quien seguía queriendo profundamente, aunque de otra manera; quizás por miedo a su reacción o porque albergaba la esperanza de que, tarde o temprano, las cosas retomarían su curso original. La madre de Mauricio tenía razón: el asunto se me estaba saliendo de las manos. Después de darle muchas vueltas, decidí suspender el viaje siguiente y abocar toda mi energía a distanciarme de Laval. Le escribí explicándole el estado de las cosas y le pedí ayuda para recuperar esa vida que se estaba diluyendo en mis narices. Mi decisión lo afectó pero se mostró comprensivo.

Pasaron dos semanas en las que Laval y yo no mantuvimos ningún contacto. Sin embargo, cuando dos personas piensan constantemente la una en la otra, se establece entre ellas un vínculo que rebasa los medios ortodoxos de comunicación. Aunque estuviera determinada a olvidarlo, al menos a no pensar en él con la misma intensidad, mi cuerpo se reveló a ese designio y empezó a manifestar su voluntad por medio de sensaciones físicas y, por supuesto, incontrolables. Lo primero que sentí fue un ligero escozor en la entrepierna. Sin embargo, a pesar de que inspeccioné varias veces la zona, no pude encontrar nada visible y terminé por resignarme. Pasadas unas semanas, la comezón, al principio leve, casi imperceptible, se volvió intolerable. Sin importar la hora ni el lugar donde me encontrara, sentía mi sexo y hacerlo implicaba inevitablemente pensar también en el de Philippe. Fue entonces cuando llegó su primer mensaje al respecto. Un correo, escueto y alarmado, en el que aseguraba haber contraído algo grave, probablemente un herpes, una sífilis o cualquier otra enfermedad venérea, y quería advertirme de ello para que tomara mis precauciones. Ese era Philippe *tout craché,* como dicen en su lengua, y esa la reacción clásica de alguien propenso a la hipocondría. El mensaje cambió mi perspectiva: si los síntomas estaban presentes en ambos, lo más probable era que padeciéramos lo mismo. No una enfermedad grave, como pensaba él, pero quizás sí una micosis. Los hongos pican; si están muy arraigados, pueden incluso doler. Hacen que todo el tiempo estemos conscientes de la parte del cuerpo donde se han establecido y eso era exactamente lo que nos sucedía. Traté de tranquilizarlo con un par de mensajes cariñosos. Antes de retomar el silencio, acordamos ir al médico en nuestras respectivas ciudades.

El diagnóstico que recibí fue el que ya suponía. Según mi ginecólogo, un cambio en la acidez de mis mucosas había propiciado la aparición de los microorganismos y bastaría aplicar una crema durante cinco días para erradicarlos. Saberlo estuvo lejos de tranquilizarme. Pensar que algo vivo se había establecido en nuestros cuerpos, justo ahí donde la ausencia del otro era más evidente, me dejaba estupefacta y conmovida. Los hongos me unieron aún más a Philippe. Aunque al principio apliqué puntualmente y con diligencia la medicina prescrita, no tardé en interrumpir el tratamiento: había desarrollado apego por el hongo compartido y un sentido de pertenencia. Seguir envenenándolo era mutilar una parte importante de mí misma. La comezón llegó a resultarme, si no agradable, al menos tan tranquilizadora como un sucedáneo. Me permitía sentir a Philippe en mi propio cuerpo e imaginar con mucha exactitud lo que pasaba en el suyo. Por eso me decidí no sólo a conservarlos, sino a cuidar de ellos de la misma manera en que otras personas cultivan un pequeño huerto. Después de cierto tiempo, conforme cobraron fuerza, los hongos se fueron haciendo visibles. Lo primero que noté fueron unos puntos blancos que, alcanzada la fase de madurez, se convertían en pequeños bultos de consistencia suave y de una redondez perfecta. Llegué a tener decenas de aquellas cabecitas en mi cuerpo. Pasaba horas desnuda, mirando complacida como se habían extendido sobre la superficie de mis labios externos en su carrera hacia las ingles. Mientras tanto imaginaba a Philippe afanado sin descanso en su intento por exterminar a su propia cepa. Descubrí que me equivocaba el día en que recibí este mensaje en mi correo electrónico: «Mi hongo no desea más que una cosa: volver a verte».

El tiempo que antes dedicaba a dialogar con Laval lo invertí, durante esos días, en pensar en los hongos. Recordé el de mi madre, que había borrado casi por completo de mi memoria, y empecé a leer sobre esos seres extraños, semejantes, por su aspecto, al reino vegetal, pero con un aferramiento a la vida y al ser parasitado que no pueden sino acercarlos a nosotros. Averigüé, por ejemplo, que organismos con dinámicas vitales muy diversas pueden ser catalogados como hongos. Existen alrededor de un millón y medio de especies, de las cuales se han estudiado cien mil. Concluí que con las emociones ocurre algo semejante: muy distintos tipos de sentimientos (a menudo simbióticos) se definen con la palabra «amor». Los enamoramientos muchas veces nacen también de forma imprevista, por generación espontánea. Una tarde sospechamos de su existencia por un escozor apenas perceptible, y al día siguiente nos damos cuenta de que ya se han instalado de una manera que, si no es definitiva, al menos lo parece. Erradicar un hongo puede ser tan complicado como acabar con una relación indeseada. Mi madre sabe de ello. Su hongo amaba su cuerpo y lo necesitaba de la misma manera en que el organismo que había brotado entre Laval y yo reclamaba el territorio faltante.

Hice mal en creer que, con dejar de escribirle, me desharía de Laval. Hice mal asimismo en pensar que ese sacrificio bastaría para recuperar a mi marido. Nuestra relación nunca resucitó. Mauricio se fue de casa discretamente, sin ningún tipo de aspaviento. Empezó por ausentarse una noche de tres y luego extendió sus periodos desertores. Era tal mi falta de presencia en nuestro espacio común que, aunque no pude dejar de notarlo, tampoco logré hacer nada por impedirlo. Todavía hoy me pregunto si, de intentarlo con más ahínco, habría sido posible restablecer los lazos diluidos entre nosotros. Estoy segura de que Mauricio comentó con un número reducido de amigos las circunstancias de nuestro divorcio. Sin embargo, esas personas hablaron con otras y la información se fue extendiendo a nuestros allegados. Hubo incluso personas que se sintieron autorizadas a expresarme su aprobación o su rechazo, lo cual no dejaba de indignarme. Unos decían, para darme consuelo, que las cosas «siempre pasan por algo», que lo habían visto venir y que la separación era necesaria tanto para mi crecimiento como para el de Mauricio. Otros me aseguraron que mi esposo mantenía, desde hacía varios años, una relación con una joven musicóloga y que no debía sentirme culpable. Lo último no se comprobó jamás. Lejos de serenarme, lo único que consiguieron estos comentarios fue aumentar mi sensación de desamparo y de aislamiento. Mi vida no sólo había dejado de pertenecerme sino que se había vuelto materia de discusión de terceros. Por esa razón, no soportaba ver a nadie pero tampoco me gustaba estar sola. Si hubiese tenido hijos, probablemente habría sido diferente. Un niño hubiera representado un ancla muy poderosa al mundo tangible y cotidiano. Habría estado pendiente de su persona y de sus necesidades. Me habría alegrado la vida con ese cariño incondicional que tanto necesitaba. Pero fuera de mi madre, ocupada casi siempre en su actividad profesional, en mi vida sólo tenía el violín y el violín era Laval. Cuando por fin me decidí a buscarlo, Philippe no sólo retomó el contacto con el entusiasmo de siempre, sino que fue más solidario que nunca. Llamaba y escribía varias veces al día, escuchaba todas mis dudas, me daba aliento y consejos. Nadie se implicó tanto en mi recuperación anímica como lo hizo él durante los primeros meses. Sus llamadas y nuestras conversaciones virtuales se volvieron mi único contacto disfrutable con otro ser humano.

Al contrario de lo que hizo mi madre durante mi infancia, yo había decidido quedarme con los hongos indefinidamente. Vivir con un parásito es aceptar la ocupación. Cualquier parásito, por inofensivo que sea, tiene una necesidad incontenible de avanzar. Es imperativo ponerle límites, de lo contrario lo hará hasta invadirnos. Yo, por ejemplo, nunca he permitido que el mío llegue hasta las ingles ni a ningún otro lugar fuera de mi entrepierna. Philippe tiene conmigo una actitud similar a la mía con los hongos. No me permite jamás salir de mi territorio. Me llama a casa cuando lo necesita pero yo no puedo, bajo ninguna circunstancia, telefonear a la suya. Él es quien decide el lugar y las fechas de nuestros encuentros y quien los cancela siempre que su mujer o sus hijas interrumpen nuestros planes. En su vida, soy un fantasma que puede invocar infaliblemente. Él, en la mía, es un espectro que a veces se manifiesta sin ningún compromiso. Los parásitos –ahora lo sé– somos seres insatisfechos por naturaleza. Nunca son suficientes ni el alimento ni la atención que recibimos. La clandestinidad que asegura nuestra supervivencia también nos frustra en muchas ocasiones. Vivimos en un estado de constante tristeza. Dicen que para el cerebro el olor de la humedad y el de la depresión son muy semejantes. No dudo que sea verdad. Cada vez que la angustia se me acumula en el pecho, me refugio en Laval como uno recurre a un psicólogo o a un ansiolítico. Y aunque no siempre de inmediato, casi nunca se niega a responderme. No obstante, como es de esperar, Philippe no soporta esta demanda. A nadie le gusta vivir invadido. Ya suficiente presión tiene en su casa como para tolerar a esa mujer asustada y adolorida en la que me he convertido, tan distinta de aquella que conoció en Copenhague. Nos hemos vuelto a ver en varias ocasiones, pero los encuentros ya no son como antes. Él también está asustado. Le pesa su responsabilidad en mi nueva vida y lee, hasta en mis comentarios más inocuos, la exigencia de que deje a su esposa para vivir conmigo. Yo me doy cuenta. Por eso he disminuido, a costa de la salud, mi demanda de contacto, pero mi necesidad sigue siendo insondable.

Hace más de dos años que asumí esta condición de ser invisible, con apenas vida propia, que se alimenta de recuerdos, de encuentros fugaces en cualquier lugar del mundo, o de lo que consigo robar a un organismo ajeno que se me antoja como mío y que de ninguna manera lo es. Sigo haciendo música, pero todo lo que toco se parece a Laval, suena a él, como una copia distorsionada que a nadie interesa. No sé cuánto tiempo se pueda vivir así. Sé, en cambio, que hay personas que lo hacen durante años y que, en esa dimensión, logran fundar familias, colonias enteras de hongos sumamente extendidas que viven en la clandestinidad y, un buen día, a menudo cuando el ser parasitado fallece, asoman la cabeza durante el velorio y se dan a conocer. No será mi caso. Mi cuerpo es infértil. Laval no tendrá conmigo ninguna descendencia. A veces, me parece notar en su rostro o en el tono de su voz, cierto fastidio semejante al rechazo que mi madre sentía por su uña amarillenta. Por eso, a pesar de mi enorme necesidad de atención, hago todo lo posible para resultar discreta, para que recuerde mi presencia sólo cuando le apetece o cuando la necesita. No me quejo. Mi vida es tenue pero no me falta alimento, aunque sea a cuentagotas. El resto del tiempo vivo encerrada e inmóvil en mi departamento, en el que desde hace varios meses no levanto casi nunca las persianas. Disfruto la penumbra y la humedad de los muros. Paso muchas horas tocando la cavidad de mi sexo –esa mascota tullida que vislumbré en la infancia–, donde mis dedos despiertan las notas que Laval ha dejado en él. Permaneceré así hasta que él me lo permita, acotada siempre a un pedazo de su vida o hasta que logre dar con la medicina que por fin, y de una vez por todas, nos libere a ambos.

La serpiente de Beijín

Mi familia, como muchas en esta ciudad, tiene orígenes diversos. Papá nació en China, pero llegó a París a los dos años adoptado por una pareja francesa que lo educó según sus costumbres y le puso el nombre de Michel Hersant, que también es el mío. Mamá, en cambio, nació cerca de Alkmar, Holanda, y creció en un entorno protestante hasta los diecinueve. Vivió aquí las dos terceras partes de su vida y logró tener un acento perfecto. Lo que nunca abandonó fueron sus hábitos culinarios –era aficionada al pan con queso y a la buena repostería–, y tampoco los morales. Como se estila en su pueblo, dejaba las cortinas de casa abiertas para demostrarle al mundo que no teníamos nada que esconder. Mi padre no practicaba ninguna religión. Ella era actriz y él dramaturgo. Se conocieron en América Latina, durante la puesta en escena de una obra que él había escrito y en la que ella obtuvo el papel principal. Eso ocurrió seis años antes de mi nacimiento. Es decir, hace casi cuarenta. Desde entonces no se separaron jamás, excepto durante las ocasionales visitas de mi madre a su país y algunos viajes de trabajo. Durante toda mi infancia y parte de la adolescencia, mis padres formaron un bloque indisociable, una muralla en la que no había grietas y contra la cual era imposible rebelarse. Más que la mezcla de orígenes y de culturas, lo difícil para mí fue ser el único hijo de una pareja tan fusionada. A mi parecer, esa unión era producto de la dinámica tan peculiar que mantenían entre ellos. A pesar del cariño que le demostraron mis abuelos, mi padre jamás perdió su aire de orfandad. Su esposa fue para él otra madre postiza que, tanto en la vida profesional como en la amorosa, se dedicó a gestarlo en un útero psicológico del cual nunca sería expulsado. Fue ella quien tomó la iniciativa de construir esta casa, en Montreuil, y fueron sus dotes de albañilería, características de las mujeres neerlandesas, las que aseguraron su resistencia durante años. Siempre di por hecho que envejecerían igual de enamorados: él cada vez más oriental, regando con parsimonia las plantitas de su huerto, ella haciendo pasteles con su delantal a cuadros, como las viejitas regordetas que aparecen en los cuentos. Sin embargo, hubo un momento en que todas mis predicciones se pusieron en duda. Yo, que me había dedicado a observarlos durante diecisiete años, empecé a notar en ellos cambios alarmantes. Los movimientos en la vida de los seres humanos, asegura uno de los principales oráculos chinos, suelen tener orígenes subterráneos y, por lo tanto, difíciles de situar en el tiempo. No puedo entonces explicar con precisión cuándo aparecieron las primeras señales de inconformidad en el carácter de mi padre. Tampoco sé si esta estuvo latente en él desde siempre o si, por el contrario, se debió a las causas externas que mi madre y yo supusimos. Lo que sí puedo decir es que, en su madurez, empezó a demostrar un interés por sus raíces asiáticas que antes nunca había tenido, una especie de búsqueda personal y secreta que no deseaba compartir con nosotros.

El cambio se hizo evidente después de su primer viaje a China. Una compañía de teatro importante, radicada en Beijín, decidió montar *La mujer del eslabón,* su obra más conocida, y lo invitó para supervisar la puesta en escena. Dado que su nombre era francés y toda su carrera se había desarrollado aquí, nadie imaginaba que el autor de ese texto tan occidental iba a tener sus mismos rasgos y su tono de piel. Para mi padre, ese viaje representó un verdadero golpe a su identidad. Su estancia, que debía durar dos semanas, se postergó en tres ocasiones y acabó siendo de un mes y medio. Según él, estaba aprendiendo mucho sobre sí mismo y no podía permitirse regresar antes de tiempo. ¿Qué quería decir con eso? Nunca nos lo explicó realmente. Mi madre y yo imaginamos que se había propuesto averiguar el paradero de sus padres biológicos o, en el caso de que hubiesen muerto, el destino de otros miembros de su familia, pero al llegar él desmintió nuestras elucubraciones.

Papá regresó de Beijín notablemente afectado. No sólo se había vuelto de golpe frágil y taciturno, también su aspecto físico había sufrido modificaciones. Tenía más canas y varios kilos de menos. Pero era sobre todo su expresión desolada la que tornaba su rostro irreconocible. Poco tiempo después, comenzó a construir sin ayuda de nadie un estudio en la azotea de casa, que –por más que él lo negara– a mamá y a mí nos pareció desde el principio una especie de pagoda. Fue la primera vez, que yo recuerde, en que ella buscó mi complicidad con los ojos. Su mirada era risueña pero también de preocupación por la salud mental de su esposo, una preocupación que, por supuesto, yo compartía. Cuando terminó su estudio, papá subió ahí la mayor parte de sus libros y siguió haciendo lo mismo con los que adquirió después. Su actitud me recordaba a los emperadores que se hacían enterrar con todas sus pertenencias en monumentos expresamente construidos para eso. Todos los libros que compró desde entonces estaban relacionados con su nuevo interés: teatro, novelas, filosofía, historia, astrología oriental, budismo y confucionismo, casi siempre en su versión inglesa, llegaban empaquetados a nuestra casa y, en cuanto los extraía del buzón, los llevaba directamente hacia su estudio. Mi madre, que en esas fechas seguía mostrándose condescendiente, bromeaba diciendo que su marido había entrado en una fase rebelde, necesaria para su emancipación. Lo cierto es que papá ya no le dedicaba el mismo tiempo. En vez de quedarse conversando con ella por las noches o acompañarla, como antes solía, mientras ensayaba sus parlamentos en el estudio de ambos, pasaba horas encerrado en su nuevo refugio. Verlo así de discreto y silencioso también me hacía pensar en los monjes que buscan la soledad de las montañas para practicar la meditación. Sin embargo, mi madre no miraba las cosas de la misma manera. Muy pronto desistió en su actitud de tolerancia y empezó a exasperarse cada vez que él aparecía en la ventana de la pagoda, contemplando la tarde con ese aire ausente que ya nunca lo abandonaba.

Poco tiempo después, un sábado por la mañana, papá subió al coche y se fue de casa muy temprano, sin avisar a nadie. Al ver la expresión consternada de mi madre, no pude sino quedarme a su lado y, en lugar de salir con mis amigos como era mi costumbre, la ayudé a preparar el almuerzo. Cuando regresó, traía consigo un terrario en el que distinguimos la silueta de una víbora. Nos saludó fugazmente mientras pasaba con su nueva adquisición, junto a la puerta de la cocina. Nosotros no dijimos nada en ese momento. Eran demasiados cambios en muy poco tiempo y no sabíamos cómo enfrentarlos. Sin embargo, tratamos de interrogarlo durante la cena. ¿Por qué la había comprado? ¿Qué pensaba hacer con ella? ¿Era acaso venenosa? Papá no nos dio una sola razón de peso y contestó con evasivas –al menos fue lo que sentimos– acerca de la serpiente como símbolo curativo en la tradición china.

Esa misma tarde, mi madre y yo buscamos en el basurero toda la información que pudiéramos encontrar acerca de su mascota. Descubrimos que la había comprado en una tienda situada a unas cuadras del metro Les Gobelins, cuya dirección estaba escrita en las bolsas de plástico. Cuando papá instaló a su serpiente en la pagoda, temí que se mudara a vivir con ella. Permanecía horas sentado frente a su terrario, sin hacer nada más que mirarla, tan absorto en sus pensamientos que en un par de ocasiones olvidó cerrar la puerta. ¿Qué le estaba pasando? ¿Por qué, después de haber compartido todo con mamá, la excluía de la búsqueda de sus orígenes? ¿Se había cansado de vivir en ese útero holandés? Era un verdadero misterio. Lejos de lastimarme, su incipiente locura me intrigaba. Comencé a observarlo con mis binoculares todas las tardes, desde la cocina, por la única ventana que había en su madriguera. Quería saber a qué dedicaba tanto tiempo en ese lugar que había construido arbitrariamente, sin respetar el proyecto original de la casa. Al principio, albergué la esperanza de que su ostracismo hiciera surgir en él una gran creatividad y que esta desembocara en una maravillosa obra de teatro. Pero ninguna de las veces en que lo espié lo vi escribir una línea. Leía, eso sí, y, cuando no era el caso, se sentaba en una silla para mirar a su serpiente. El pobre daba pena.

Dos sábados después, papá volvió a salir sin avisarnos. Mi madre buscó entre su ropa la llave de la pagoda y la encontró. Aprovechamos su ausencia para entrar en aquel lugar donde nunca nos había invitado. Recuerdo muy bien a mamá juzgando todo con displicencia y reprobación, como si no fuera el refugio de su esposo sino la guarida de un asesino. No puedo decir si en su rostro desencajado era más notorio el rechazo o la tristeza que sentía. Yo, en cambio, miré con curiosidad los objetos que papá había acumulado en tan poco tiempo: unas bolas azules de metal, un grabado con el yin y el yang, monedas chinas, telas con dragones dibujados, una alfombra pequeña que tenía aspecto de ser antigua. Sobre su escritorio, el *Tao* y el *Oráculo de las mutaciones.* Todo estaba ahí, disponible y expuesto, como si se tratara de una instalación. Me pregunté si con aquellos símbolos y textos esotéricos no estaba buscando invocar a sus ancestros. La serpiente resultaba, al menos para mí, lo más interesante del lugar. Debía medir alrededor de un metro. Su piel marrón tenía manchas redondas y oscuras, dibujadas con una simetría perfecta. Mamá y yo nos detuvimos frente al vidrio. Parecía estar durmiendo profundamente, enroscada en una esquina del terrario. Aunque lo intentamos, no conseguimos encontrar ni su cabeza ni su rostro. Le dije, con ánimo de tranquilizarla, que un animal así de apacible no podía ser peligroso. Sin embargo, ella no compartió en absoluto mi opinión y quiso salir de inmediato. Después de cerrar la puerta, dejamos la llave en su sitio y bajamos la escalera. Mamá se sirvió un whisky enorme sobre la mesa de la cocina y resumió en una frase lo que pensaba:

–El demonio ha entrado en nuestra casa.

Siguió hablando durante unos minutos de las víboras y sus características, según su entender. La tentación, el egoísmo, la maldad... Todo eso era mi padre, según ella. Todo eso llevaba dentro desde que volvió de China.

–¡Mira qué delgado está! Me pregunto si no habrá empezado a fumar opio. Sería desastroso pero al menos sabríamos qué le sucede –concluyó, dejándome estupefacto.

El lunes, en lugar de ir al colegio, decidí darme una vuelta por la tienda de mascotas donde mi padre había adquirido la suya. Los encargados eran un hombre y una mujer asiáticos, probablemente casados y de mediana edad. Traté de dialogar con ellos sin revelar, por supuesto, los motivos de mi visita, pero su actitud no podía ser más hermética. Fingí estar decidido a comprar alguno de sus animales y, sólo entonces, me miraron con un vago interés. Después de merodear por los acuarios que había junto a los muros, las peceras de las tortugas y los camaleones, les pregunté si vendían serpientes. El hombre me observó en silencio. Tuve la impresión, no sé por qué, de que intentaba adivinar mi estatura y mi peso.

–Tenemos. Claro que tenemos –respondió ella–. Es nuestra especialidad.

Me llevó a un galpón oscuro, situado en la trastienda, con iluminación artificial y de color azul índigo. Miré los terrarios durante algunos minutos. En cada uno había una pareja de la misma especie. Las serpientes eran muy distintas entre sí. Variaban sobre todo en tamaño y en colores. La piel de algunas era lisa y parecía resbalosa. Otras, en cambio, tenían escamas turgentes que, tanto por la textura como por los motivos simétricos, recordaban el tejido de una canasta. El tipo de plantas y la intensidad de la luz cambiaban en cada terrario. Me demoré viendo a una anaconda comerse con parsimonia a un pájaro azul, sin desechar nada, ni los huesos.

–Es sólo un aperitivo –dijo el encargado–. Podría devorarte a ti en sus momentos de hambre.

Intenté mantener la calma y seguí caminando. Mientras recorría el galpón, encontré una serpiente igual a la de mi padre y, como la suya, estaba dormida.

–¿Qué especie es? –pregunté a la encargada.

La mujer se asomó a un papel que había debajo del terrario.

–Su nombre científico es Daboia russelii –contestó. Se encuentra sobre todo en la India, pero en China se le conoce como serpiente de las tijeras.

–Me gusta –mentí–. Se ve muy apacible.

Ella negó con la cabeza.

–Son muy venenosas. En cuanto a su temperamento, las hay de todos los tipos. Algunas son pacíficas, otras no tanto. Depende de cada animal. Este ejemplar no suele ser así de tranquilo. Está pasando por un mal momento.

Me pregunté si no era una táctica para venderla. Un joven que busca una mascota así debía de querer algo más que una víbora inerte.

–Se encuentra en pleno periodo de celo y la semana pasada le quitaron a su pareja. Estaban muy apegados. Le insistí mucho al señor que compró al macho para que se llevara a los dos. Le ofrecí incluso un buen descuento, pero se negó.

Busqué el papel que la mujer había leído y encontré el precio: 1500 euros. Pensé en todo lo que mi padre había gastado desde su regreso de China. La sola construcción de su pagoda le habría salido en varios miles. Miré un momento más a la serpiente y pensé en lo triste que estaría sin su compañero.

Salí del lugar con una sensación pesada en el estómago. La nostalgia que tenía mi padre por su país de origen lo había llevado a adquirir parte de su fauna. En vez de ir al liceo, volví directo a casa. Papá tenía cita con un director de teatro extranjero amigo suyo, y estaba seguro de que mamá iba a sentirse feliz de escuchar mis descubrimientos. Hice bien en regresar: apenas abrí la puerta, la encontré ahogada en llanto y completamente fuera de sus cabales. No hizo ninguna pregunta sobre el colegio y fue directa al asunto:

–Tu padre tiene una amante. Una mujer asiática que conoció durante su viaje. Te dije que ese animal era un signo de desgracia. No sé qué hacer. Menos mal que estás aquí.

Preferí no contarle que había estado en la tienda de mascotas. En lugar de eso, le propuse cruzar toda la ciudad y llevarla a su pastelería favorita. Una idea absurda que ella acató sin resistencia. Aturdida como estaba, me pareció que habría hecho cualquier cosa que yo le sugiriera. Una vez en el café, frente a un sacher de chocolate que miraba como si se tratara de una piedra, me contó lo que sabía y cómo lo había descubierto.

Esa mañana, en cuanto mi padre salió de casa para ir a su cita, mamá entró en la pagoda y revisó sus cuentas de Internet. Durante muchos años, papá había sido poco más que un discapacitado para esos menesteres y era ella quien llevaba su correo. En el basurero de su ordenador, encontró dos fotos comprometedoras, cuyas fechas coincidían con las de su viaje.

–Se llama Zhou Xun –me dijo–. Es actriz y, por supuesto, muy joven.

Según me contó, en una de las fotos mi padre aparecía con ella en un mirador. La típica escena que uno toma con el teléfono celular cuando está de paseo. En la segunda, ambos estaban sonrientes, y en ropa muy ligera, en lo que parecía ser la cocina de un departamento. Además de las fechas, las fotos llevaban el nombre de ambos al pie de la imagen. Mi madre estaba convencida de que era la actriz quien se las había tomado, asegurándose después de que las recibiera. Sin comer un solo bocado de pastel, mamá pasó una hora quejándose de su suerte. Me hizo el recuento de todos los sacrificios que había llevado a cabo por él desde que se conocieron, sus esfuerzos por convertirlo en el dramaturgo prestigioso que ahora era, por arroparlo en un hogar sólido, centrado en él, y donde tuviera siempre el papel protagonista. Cosas evidentes para ambos, y estoy seguro de que también para mi padre. Me confesó lo decepcionada que se sentía por su traición y, cuando se cansó de lamentarse, volvió a hablar de su mascota.

–Ese animal es diabólico, te lo he dicho muchas veces. Quiero pedirte que te deshagas de él.

–¿Por qué no lo matas tú misma? –le pregunté. Pero ella rechazó mi sugerencia.

–Si tu padre se da cuenta, creo que será más fácil que te perdone a ti.

Mamá estaba segura de que la serpiente era la encarnación de sus desavenencias conyugales. Había centrado los esfuerzos de toda su vida en ese matrimonio. ¿Cómo negarme a cumplir con su deseo? Sujeté su mano temblorosa y le prometí que podía contar conmigo. Ella emitió un suspiro profundo, tras el cual comenzó a comer despacio, como una niña buena a quien acaban de levantar un castigo.

Para volver, le sugerí que cambiáramos la ruta y tomásemos el metro en Gaîté. Subimos entonces hasta Edgar Quinet y cortamos por el cementerio. Ambos caminábamos en silencio sobre una alfombra de hojas secas, naranjas y amarillas.

Como siempre que pasaba por ahí, me fijé en las inscripciones que había sobre las lápidas: las ciudades y las fechas grabadas sobre la piedra, a veces algún epitafio. Aquella tarde, sin embargo, pensé en mi propia tumba y en la de mis padres. Me dije que, a fin de cuentas, lo único que quedaría de nosotros, además del nombre, eran dos fechas y dos ciudades, cuando no una sola, como podría ser mi caso. Resultaba imposible saber en qué lugar moriría mi padre y dónde sería enterrado, pero algo era seguro: debajo de su nombre diría Beijín 1953. Me pregunté si mamá estaba pensando lo mismo, pero se veía tan absorta en su propia reflexión que preferí guardar silencio. Pocos minutos después, ella misma disipó mis dudas:

–Si te fijas, la mayoría de las señoras están enterradas junto a sus maridos. Hay muy pocas mujeres solas en este cementerio.

Comprendí que le asustaba la idea de que la sepultaran sin mi padre.

–Ahí está la tumba de Sartre y Simone de Beauvoir –añadió con el tono de quien acaba de descubrir algo interesante. Miré la lápida que me señalaba: una superficie blanca, con letras oscuras grabadas sobre la piedra–. No se puede decir que hayan sido una pareja ortodoxa. Vivieron en triángulo muchos años y tuvieron pleitos sangrientos. Sin embargo, míralos: están ahí, enterrados como cualquier matrimonio.

Esa tarde, además de prometer aniquilar a la serpiente, le juré que, pasara lo que pasara, la sepultaría en el mismo lugar que a mi padre.

–Es justo –concluyó–. Todos estos años no pueden anularse por una quinceañera.

A unos metros de ahí, encontré dos lápidas grises escritas en chino y en francés con letras doradas. En ambas yacían dos familias muy extensas.

–Tal vez yo también quepa junto a ustedes –le dije–. ¿Por qué enterrar sólo a dos cabiendo tantos huesos en una sola tumba?

Mi madre no mencionó nunca más lo que hablamos esa tarde. Una vez en casa, preparó la cena como cada noche y, al menos en apariencia, volvió a ser la misma de siempre. Yo en cambio llevaba sobre mis hombros el peso de mis dos promesas, en particular el de la más inmediata.

Antes de irme a dormir, busqué en Internet información sobre la serpiente de mi padre. Me enteré de que Daboia es el nombre del género al que pertenecen las cinco serpientes venenosas de la India. En hindi la palabra significa «lo que se esconde y acecha en la oscuridad». Pensé en su amante de Beijín. Después, me puse a investigar sobre el riesgo de convivir con esos animales. Descubrí que su veneno contiene neurotoxinas que bloquean la respiración y hacen que sus víctimas perezcan asfixiadas. Una sola mordedura podía ser letal si no se aplicaba de inmediato el antídoto adecuado. ¿Qué hacía papá con un bicho de esos en su estudio, él a quien siempre había considerado un hombre más bien timorato? Había instalado esa amenaza a unos cuantos metros de su propia familia, separada apenas por un delgado vidrio, como quien activa una bomba de tiempo. ¿No había sido suficiente para él ponernos en peligro con su romance chino? Mamá tenía razón. Debíamos deshacernos de aquella alimaña. Pero ¿cómo? En ese momento, no tenía ni la más remota idea. Le estuve dando vueltas al asunto durante toda la noche y se me ocurrieron varias alternativas. La primera –la menos cruel de todas– consistía en soltarla en el parque situado a unas cuadras de la casa. Sin embargo me di cuenta de que podía morderme cuando intentara cogerla, ya fuera para hacerle daño o para liberarla, y no quería que algún niño se la encontrara detrás de un arbusto o en el pasamanos de madera. Otro escollo, aunque menos probable, era que mamá se diese cuenta y me acusara de haberla traicionado. Pensé entonces en utilizar un veneno. Era lo más económico y conveniente para todos. El único riesgo era que mi padre llegara a enterarse y me lo reprochara siempre. Decidí correrlo. La tarde siguiente, al salir del liceo, acudí a un almacén especializado en jardines y pregunté cómo podía matar a una culebra que había vislumbrado en el patio de mi edificio. Me ofrecieron un producto, al parecer bastante efectivo, y volví con él a casa. Lo escondí en la repisa más alta de mi armario, esperando el momento adecuado para entrar a la pagoda.

Mientras, seguí mirando con los binoculares la ventana de su estudio. Una de esas tardes, descubrí a mi padre consultando el *I Ching*. No se trataba de algo desconocido para mí. Mamá y él habían tenido siempre uno en su estudio y, cada vez que alguien les proponía un nuevo proyecto teatral tiraban las monedas para saber qué esperar al respecto. Sin embargo, por extraño que parezca, y aunque se trataba de un libro chino –quizás el libro chino por excelencia–, asociaba más esa práctica con mi madre. Era ella quien solía arrojar las monedas sobre la mesa. Esa tarde, la cara de papá en los binoculares era grave y al mismo tiempo serena. A pesar de mis esfuerzos, no logré siquiera imaginar qué pregunta había hecho. Tampoco conseguí enfocar lo suficiente como para ver la respuesta en el libro. Mi padre leyó frente a su escritorio las páginas correspondientes a su hexagrama. Al terminar, dejó la página abierta y se puso de pie. Dio un par de pasos hacia donde estaba el terrario y se sentó a mirar un rato largo a su serpiente. Mi madre, quien durante todo ese tiempo había estado cocinando junto a mí sin decir nada, anunció la cena un par de veces y, tras varios minutos de silencio, escuchamos los pasos lentos de papá bajar las escaleras. Entre lo poco que dijo aquella noche mencionó que saldría el viernes por la mañana a la embajada de China. Por medio de un amigo común muy bien relacionado, había conseguido una cita con un alto funcionario para hablar del paradero de sus padres. Mamá y yo nos miramos con asombro. Recuerdo –y todavía me duele que haya sido así– que papá buscó mi mirada y no pude sostenerla.

–Debería importarte un poco –me dijo–. También son tus parientes.

Estuve a punto de responderle que yo tenía perfectamente claro quiénes eran mis abuelos y que no necesitaba a nadie más, pero mamá se adelantó con su actitud contenedora de siempre.

–Me parece maravilloso que lo hagas y estoy segura de que a Michel también.

Para solidarizarme con ella, me limité a sonreír.

El sábado por la mañana, cuando papá salió de casa en busca de su pasado, cogí el frasco de veneno y le pedí a mi madre la llave del estudio. Ella metió la mano en el bolsillo de sus pantalones y la sacó de ahí. Comprendí que había estado esperándome. Me miró abrir la cerradura pero en esta ocasión no cruzó el umbral de la puerta. En cuanto vio que me acercaba al terrario, bajó corriendo las escaleras. Lo primero que hice al entrar fue leer la página del *I Ching* que mi padre había dejado abierta sobre su escritorio. Se trataba del hexagrama número veintinueve: Lo insondable, el abismo. Leí lo siguiente: «Aplicado a los hombres, K'an representa el corazón, el alma o la vida encerrada en el cuerpo, la conciencia incluida en lo tenebroso, la razón. El trigrama entraña peligro y su repetición significa “la repetición del peligro”. Si eres sincero, conseguirás lo que quieres y obtendrás el éxito en lo que hagas». Sentí que ese texto se dirigía a mí más que a mi padre. Escuché un ruido en la verja. Era muy pronto para que él volviera, pero me dije que quizás había olvidado algún documento y me asomé a la ventana para asegurarme: entonces vi a mi mamá saliendo, como de costumbre, al mercado que se pone en el barrio los viernes por la mañana. Una de las líneas del hexagrama estaba subrayada con lápiz en la página del libro. «Seis en el tercer lugar: Adelante y atrás, abismo sobre abismo. En un peligro como este, hacer una pausa y esperar, de otra manera, caerás en un agujero. El hijo noble no debe tener mala conducta».

Dejé de leer y me senté en la silla donde papá se ponía cada tarde a mirar a su Daboia. Me dije que tener un animal así equivalía a guardar una pistola cargada en el armario: la posibilidad de sustraerse del mundo, al alcance de la mano. Esa mañana, el animal parecía más alerta que de costumbre. Me llamó la atención el plato de agua que había en el terrario, pues no recordaba haberlo visto la vez anterior, y concluí que era el lugar perfecto para vaciar el veneno. Sin embargo, antes de hacerlo, decidí esperar un poco. En mi cabeza seguían bailando las palabras del *I Ching*. Fue entonces cuando escuché los pasos de mi padre en la escalera, dejándome el tiempo justo para esconder el frasco debajo del asiento.

No preguntó qué hacía ahí. Tampoco se mostró disgustado. Miró hacia el *Oráculo* abierto sobre su escritorio y aventuró:

–Supongo que ya has leído la respuesta.

No puedo describir la extrañeza que me provocó su actitud. El hombre que estaba frente a mí tenía la voz y el rostro de mi padre, olía a él y ejecutaba muchos de sus movimientos pero, al mismo tiempo, algo en esa persona me era por completo desconocido.

Sentí que debía defenderme, no sé exactamente de qué, quizás de mi intromisión o de aquello que él había leído sobre mí en las páginas del *I Ching:* «el hijo noble no debe mantener una mala conducta».

–Mamá me ha dicho que tienes una amante.

Su respuesta me dejó desconcertado:

–Es justamente de eso de lo que quiero hablar.

Con los mismos pasos lentos que había estado practicando desde su regreso, papá caminó hasta su escritorio y sacó dos fotografías impresas. Las mismas que mi madre había encontrado en el basurero de su ordenador.

Detrás de la imagen, estaban escritos el nombre, la dirección postal, el teléfono y el correo electrónico de la chica.

–Es ella. Mírala bien.

Era en efecto una mujer muy hermosa y varios años más joven que él.

Me contó que se había enamorado de aquella mujer como nunca antes le había sucedido, al punto de sentirse ridículo, tanto por la intensidad como por los años que los separaban. Zhou Xun ni siquiera había cumplido la mayoría de edad. También me dijo que le había sido imposible resistirse.

–Fue una emoción letal e instantánea como la mordedura de una serpiente –me confesó–. Pienso en ella cada hora del día. Sin embargo, lo que dice tu madre es inexacto. No somos amantes. Lo fuimos durante cinco semanas, mientras estuve en Beijín. Contaba conmigo para sacarla de China, pero desde que volví no he dado señales de vida. Según tus propios ancestros, la única manera de acabar con un demonio o con una emoción aflictiva es mirarla de frente. Por eso compré este animal, por eso decidí separarlo de su pareja, para observar su dolor como reflejo del mío.

–¿Y qué pasa con tu matrimonio? –pregunté.

–Tu madre es también la mía –respondió–. He vuelto con ella porque le pertenezco, pero no soy el que era y, por lo tanto, no puedo darle lo mismo. No sé si será siempre así. Por ahora me siento como ese animal que quieres envenenar: un muerto en vida.

Volví a pensar en la tumba de papá. Si lo que decía era cierto y se prolongaba indefinidamente, la segunda inscripción sobre su lápida podría ser esta: Beijín 2012. En ese caso, París, donde había transcurrido la mayor parte de su existencia –y quiero creer que la más importante– quedaría obviado sobre la lápida. Papá me contó asimismo que en China la serpiente es un símbolo de sanación y de continuidad de la vida. En la primavera renuevan sus escamas por completo y es como si renacieran. También los hijos mayores cumplen esa función. Aseguran la continuidad de una historia que comenzaron sus padres.

–Sé que fue tu madre quien te pidió aniquilar a mi serpiente. Le debes lealtad y no te impediré que lo hagas. A cambio quiero que resuelvas mi historia con Zhou Xun. Elige el momento que quieras, pero hazlo. Es una deuda –y no menor– la que dejé pendiente con ella.

Papá se acercó al sofá y levantó del suelo el frasco con el veneno que yo había escondido. Sin mirarme siquiera, vertió un poco de aquel líquido oscuro en el terrario, dibujando con él la superficie de un triángulo. Después me pidió que saliera de su estudio.

Mi madre jamás se enteró de aquella conversación. A su regreso me limité a asegurarle que el veneno ya había sido administrado. Pasaron algunos días antes de que la serpiente dejara de moverse y, cuando por fin lo hizo, mi padre no la sacó de su pagoda. El símbolo chino de la renovación, permaneció inerte en su estudio, durante muchos meses, hasta que un buen día mamá la quitó de ahí, con su pecera y todo, sin rendir cuentas a nadie. Al contrario de lo que había creído siempre, desterrar al animal no bastó para resucitar su matrimonio. Mi padre no tuvo nunca otra primavera. En vez de recuperar la vitalidad de antes o por lo menos los hábitos anteriores a su viaje, se sumergió cada vez más en ese desconsuelo que caracterizó los últimos años de su vida. La Daboia que trajo a casa nunca llegó a hacernos daño. La serpiente de Beijín, en cambio, le ocasionó una lesión que ningún remedio casero consiguió cicatrizar.

Premio Internacional de Narrativa Breve Ribera del Duero

Mirar al agua
Javier Sáez de Ibarra

I Premio

El final del amor
Marcos Giralt Torrente

II Premio

Esta tercera edición de
El matrimonio de los peces rojos,
de Guadalupe Nettel,
obra ganadora del
III Premio Internacional de Narrativa Breve Ribera del Duero,
se terminó de imprimir
el 31 de mayo de 2023